JN177608

集英社オレンジ文庫

何度でも永遠

岡本千紘

目次

吉備浦彦《きびのうらひこ》 コスプレver
環の推し俳優が演じた役の姿を、浦彦が真似たもの。
麻生 環《あそうたまき》
地味で平凡な女子高生。麻生姫の魂を持つ。
吉備浦彦《きびのうらひこ》
古代吉備国の国津神。五十狭芹彦に国を奪われた。

人物紹介

五十狭芹彦《いさせりひこ》

古代吉備国を平定した天津神の裔。浦彦の宿敵。

麻生姫《あそひめ》

吉備の国長・浜人《はまひと》の娘。浦彦の妻。

イラスト／もりちか

何度でも永遠

1．麻生姫

思えば、その気配は常に環《たまき》のそばにあった。

幼い頃、神社の境内《けいだい》で遊んでいると、視線を感じることがあった。お社《やしろ》の奥の裏山。御《ご》神木《しんぼく》の杉の梢《こずえ》。確かに視線は感じるのに、振り返ると誰もいない。しんと静かな境内に、やわらかな眼差《まなざ》しの余韻《よいん》だけが残っている。

その気配は、正月や秋祭り、七五三など、きちんと拝殿《はいでん》まで上がってお詣《まい》りするときには、よりはっきりしたものに感じられた。まるで目の前にいる人と見つめ合っているみたいな、なまなましい存在感。幼い環はそのたびに怯《おび》えた。

実際、それは確かに環の目の前にいた。それが口を開いて舌を伸ばせば、環の頬《ほお》を舐《な》められるくらいすぐ近くに。体温や息づかいが伝わるほど間近から不躾《ぶしつけ》に環をのぞき込み、舌の代わりに視線で環を舐め回した。なのに、その姿だけが目に見えない。

怖かった。それが人ではないことは本能的に知っていた。小学校に上がる前くらいまでは、拝殿に上がるのがいやでいやで、いつも上がり口の石段で踏ん張って泣いていた。けれども、物心ついてからは、その視線について祖母や母に話すことはなくなった。「うちの神社に、目に見えない何かがいる」「その何かに見られている」――そう話したとき、二人がどんな反応をするかは、想像に難くなかったからだ。

現実主義者《リアリスト》の母は眉《まゆ》をひそめて言うだろう――「そんなことあるわけないでしょう」。祖母は喜ぶかもしれない。「麻生《あそう》の巫女《みこ》の血だ」と言って。そうして、姉の美貴《みき》に替わって環を巫女にしようとするかもしれない。

環の生家は、岡山《おかやま》平野の北西のはずれ、岡山市と総社《そうじゃ》市の境目に建つ麻生神社だ。古くは古代吉備《きび》王国の中心地で、「桃太郎《ももたろう》」伝説発祥《はっしょう》の地。麻生神社で祀《まつ》っているのも、その「桃太郎」こと大吉備津彦命《おおきびつひこのみこと》だ。

麻生神社には神職とは別に特別な巫女が設けられ、その巫女は、代々、麻生家の未婚の女性が担《にな》ってきた。今は環たちの大叔母《おおおば》の由希子《ゆきこ》が巫女に就《つ》いているが、既に高齢で、環たち姉妹にその大役を譲《ゆず》りたがっている。

巫女になること自体はいやではなかった。秀才と名高い姉とも、美少女と有名な妹とも違い、環にはこれといって目立つ長所も、やりたいことも、好きな人も、この田舎《いなか》を出て行きたい願望もない。しんと静かな神社の空気や、細々した祭祀《さいし》の仕事も嫌いではなかった。幼い頃から絵本が大好きで夢見がち、長じた今では立派なファンタジーオタクで妄想家だ。姉が「何の意味があるのかわからない」「つまらない、毎年同じことの繰り返し」と切って捨てた巫女の仕事も、きっと、あれこれ妄想しながらそこそこ楽しくやっていけると思う。でも、あの視線の主と毎日同じ場所で死ぬまで働くのを想像すると怖すぎた。

だから、環は一人で我慢した。さいわい、それに好かれているらしいことはわかっていたので、どうしようもない本能的な恐怖に耐えてさえいれば、とくに問題は起こらなかった。

そう。どうしてそんなことになったのか、環にはまったく思い当たるふしはないのだけれど、それは間違いなく環のことが大好きだった。環が犬や猫をかわいいと思うのと似た感覚でかわいいと思われているらしいことが、視線や気配から伝わってくる。環が駆けっこで転んで泣けば、おろおろとした気配とともに風が頬を撫《な》でていくし、友達とふざけて笑っていれば、くすくすとやさしい笑いが耳をくすぐった。その頃の環の語彙《ごい》にはなかったけれど、今言い表すなら「溺愛《できあい》」が一番近かったかもしれない。視線に込められたあたたかな好感を、子供独特の感性で正しく受け止め、本能的な畏怖《いふ》心とは別に、これは悪いものではないのかもしれないと思っていた。

人でないものを人の言葉で言い表すのは難しい。あえて言うなら、ライオンとかトラとかいった大型の猛獣に、わけもわからずベッタベタに懐かれているような感覚。それだけでもおそろしいのに、相手が見えないことが余計に恐怖を掻《か》き立てる。好かれているのはわかっているけど、どうしようもなく体が震える。視線が合ったと感じた瞬間、足がすくむ。

幼い頃、環は熱を出すたび、鬼に追いかけられる夢を見た。火を吐く、真っ赤な、怖い鬼だ。鬼は環を追い詰めて、ぱくりと食べてしまうこともあったし、どこかへさらっていってしまうこともあった。今思えば、このあたりに残っている「桃太郎」の伝説が脳裡《のうり》にあったのだろうとわかるけれど、当時は、夢を見た翌朝は絶対神社に近づかなかった。「神社に棲《す》んでいるのは赤鬼なのかもしれない」と、ひそかに空想し、恐怖に震えた。いくら好かれていたって、怖いものは怖い。今までやさしくしてくれたって、今日は頭からバリバリ食べられてしまうかもしれない。

さいわい、鬼に取って食われることはないまま、環は無事に成長した。中学生になり、高校生になり、大人に近づくにしたがって、その気配を感じることも少なくなった。回数が減ったというよりは、存在感が希薄になった感じだった。

部活。友人。大量に買い込む漫画や小説。深夜アニメに二・五次元ミュージカル。ＳＮＳ。それから、容赦《ようしゃ》なく押し寄せる宿題と定期テスト。現実の刺激に追いやられ、次第にそれのことを思い出すことも減っていった。――けれども、すっかり記憶から失われてしまったわけではなく、奥底にしまい込んでいただけらしい。

激しく逆巻く黄金《きん》の炎の中で彼と顔を合わせたとき、何を言われなくてもそれがわかった。

「……あんたじゃったん」

環は呆然《ぼうぜん》と呟《つぶや》いた。

環はそれを知っていた。幼い頃から――どころか、生まれる以前から連綿《れんめん》とつらなる魂の記憶として。

「あんたじゃったんじゃね」

彼は莞爾《かんじ》と微笑《ほほえ》んだ。

『何時代？』って真顔で言われた。『時代錯誤《さくご》』って。今日、環が高校を休んだ理由についての。

『お祭りで公欠！』

『うらやましー！』

友人たちの声が、耳によみがえる。

（……まあ、「お祭りで巫女をやるから休む」って聞いたら、ああいう反応になるんじゃろーな、普通）

薄暗い幣殿《へいでん》の中から、ざわざわと揺れる暗い森を見上げ、環はひっそりと嘆息《たんそく》した。

夜が近づき、ちょっと肌寒くなってきた。ホットカーペットのスイッチを「強」にする。膝を抱えて体育座り。伝統的な巫女の格好には似合わないけどかまわない。どうせ誰も見てないし。格好だけ取り繕《つくろ》ったところで、中身はどこにでもいる、ごく普通のオタク系女子高生である。

だというのに、この状況。

（やっぱ、普通じゃないよなー）

生まれてこの方十六年、幼稚園から高校まで公立校で揉《も》まれてきた身としては、現代日本で何が「普通」かは一応理解しているつもりだ。現代の女子高生にとって、神社のお祭りとは、デートとか屋台とかを目当てに行く場所であって、ガチで巫女さんやる場所じゃない。普通は。

『巫女さんかー。ええなー、ちょっとあこがれるわー』

悪気のない顔でそう言った友人たちは、今頃学校の弓道場《きゅうどうじょう》で部活にいそしんでいるのだろう。眼前に迫る裏山の森がすっかり暗くなってきたから、そろそろ部活を終えて、学校近くのコンビニに立ち寄っている頃かもしれない。

(そっちのほうがよっぽど羨《うらや》ましい)

続けざまにため息が漏《も》れる。

正直に言えば、「巫女さんにあこがれる」という気持ちはわからないでもなかった。環にもそういう夢見がちな部分はある——というか、ぶっちゃけ、つい一年ほど前までは中二病まっさかりのリアル中学生だった環である。今でも、このヒラヒラした巫女装束《しょうぞく》に夢見ちゃう気持ちは痛いほどわかるし、当事者でなければ同じことを言っていた自信もある。皆が想像したのは、お正月のアルバイトの巫女さんだろう。清楚《せいそ》かつ華やかで神秘的な初詣《はつもうで》の花。わかる。あれならあこがれる。

(でも見てよ、この現実!)

冷え込む十一月の夜に、盛大に開け放たれた大扉を、環は恨めしい気分で見上げた。

扉の向こうには、薄暗い麻生山の森が見えている。何の変哲もない、岡山平野の隅っこの丘陵《きゅうりょう》地帯。環にとっては住み慣れた自宅の裏山だが、禁足地《きんそくち》なせいで灯り一つない。本当に真っ暗だ。日が沈んだ後に女一人で眺めるには、けっして気持ちのいい光景ではなかった。折しも新月。星明かりの夜空に揺れる森の木々は、まるで環を手招いているように見える。

おまけに、今夜一晩、とくに何をするでもなくこの幣殿で過ごさなくてはいけないことが、環の気を重くしていた。食事は夕方、神事が始まる前に食べたもので今夜は終わり。八畳《じょう》ほどの板間にあるのは、大扉の手前に渡された注連縄《しめなわ》と、その手前にしつらえられた簡素な祭壇《さいだん》、壁にかけられた大きな神弓《しんきゅう》、あとは環が座っているホットカーペットとストーブ、防寒用の毛布くらいだ。スマートフォンの持ち込みは許されなかった。暇すぎる。せめて宿題でも持ってこられたら、まだしも暇潰しになったのに。

祭壇に置かれた蠟燭《ろうそく》の炎がパチンと爆《は》ぜる。板壁に躍る環の影に、火にたかる蛾《が》の影が重なっていた。その様子には、やっぱりダークファンタジー好きの中二心が疼《うず》いてしまうのだけれど――。

（妄想するにも寒いわ）

日が暮れて、あたりはしんしんと冷え込んできていた。たまらず毛布に手を伸ばす。今でさえこんなに寒いのに、夜中とか明日の明け方とか、大丈夫だろうか。凍死とまではいかなくても、余裕で風邪《かぜ》はひきそうだ。だいたい、なぜ扉を開けておく必要があるのか……。

（ねえ、大神様。仮にも嫁にしようって相手にこれはちょっと厳しくない？）

心の内で話しかけ、開け放たれた扉の向こうにそびえる本殿を見上げた。

麻生神社の本殿は、一般的な神社と違い、ちょっと特殊な構造をしている。白木の丸太で作られた素朴《そぼく》な一之鳥居を中央に、両側から白木造《しらきづく》りの板壁が続き、そのもう一方の端は本殿の後ろの山肌へと繋《つな》がっている。鳥居の真ん中、本来通り道のはずの場所には立派な御簾《みす》が懸《か》けられていて、中はまったく見えないけれど、あの中に「殿」と呼べる建物はない。「本殿」とは名ばかりで、実際には何もない裏山が鳥居と板壁で囲われているだけだ。

その理由を、環は幼い頃から言い聞かされて育った。「うちの裏山は神さんの住むとこじゃけえ、絶対に入ったらいけんで」――つまり、この麻生山自体が、麻生神社の本殿であり御神体なのだ。

だから、この中に何があるのか環は知らない。知っている人がいるとすればただ一人、先代の巫女である大叔母の由希子だけだが、話を聞いたこともない。その大叔母から、環は今夜、麻生神社の巫女を引き継いだのだった。

神社の巫女は代々麻生の直系の女から選ばれ、十六になる祭りの日に幣殿に上がって御祭神・大吉備津彦命の妻となる。

（……まあ、確かに「時代錯誤」）

世襲《せしゅう》制の巫女なんて、今時ラノベでもなかなか見かけない。環個人としては、漫画や小説で読むぶんにはきらいじゃないけども。でも、「神の妻になる」なんて言ったところで、実際は吹きさらしの板間で寒い一夜を過ごすだけのことだ。まさか本物の神様なんて出てくるわけないし、神様と結婚なんてありえないし……最近はまって読んでいるインターネットゲームの夢小説が脳裡を過《よ》ぎり、ないないと首を振った。あれは妄想。ファンタジー。だからこそ「夢小説」なのだ。あれが現実になると思い込むのは本気でやばい。

何も変わらないのだ。派手な姉妹に挟まれて、氏子《うじこ》さんにうっかり存在を忘れられかけるほど影の薄い地味な環も、その高校生活も。いつか誰かとつきあって、結婚して……きっとそんなテンプレな人生が続いていく。バイト先も、就職先も、実家の神社。自分で考える前から決まっていて、そして、これからもきっとずっと、一生変わらない。

（あー、つまんない！）

……と、叫べたらどんなにすっきりするだろう。だけど今は、それすら無理だった。今夜、幣殿にいるあいだは、声を出すことを禁じられている。

大きなため息をもうひとつ。

（ほんと娯楽《ごらく》がなさすぎるから、ぐちぐち考えちゃうんよねー。せめてスマホがあったら、動画でも小説でも漫画でも、時間潰せたのに……）

読みかけの夢小説もあったのに、退屈もいいところだ。駄々《だだ》をこねるように、ごろりとホットカーペットに横になった。環が言いつけられたのは、あくまでも今夜一晩ここで過ごすこと。多少行儀《ぎょうぎ》が悪くったって知るもんか。

――どのくらいそうしていただろう。

（……あ、）

表の境内《けいだい》から聞こえてきているお囃子《はやし》の調子が少し変わった。思わず体を起こす。

真金《まかね》吹く　吉備の中山　帯にせる　細谷川《ほそたにがわ》の　音のさやけさ

明るく素朴で、それでいてどこかセンチメンタルな気分にさせられる歌声は、去年まで、環が表の神楽殿《かぐらでん》で舞っていた神楽のものだった。

今年は、環が巫女に上がるので、表の舞姫は妹の夏希《なつき》が引き継いだ。絶世の美少女と名高い夏希の舞姫姿に、氏子のおじさんたちがでれでれと盛り上がるのを、環は「まあ、そうじゃろうな」と思って見ていた。華やかな平安装束に似たあの衣装は、地味な環より、夏希のほうがずっと似合う。

ここで舞っても、誰も見てはくれないけれど――。

つい、じっとしていられずに立ち上がった。姉が受験勉強を理由に舞姫を辞めたときから二年間、みっちり体に叩き込んできた舞だ。無理に思い出すまでもなく、体が覚えている。

聞き慣れたメロディに体が動く。袖《そで》を揺らめかし、歩を進めるごとに、シャランと鈴の音がこぼれる。

（あー、これ。こういうの、よくあるなー）

アニメとか、ラノベとか、乙女《おとめ》ゲーとかだったら、ここでうっかり唱《とな》え言《ごと》なんか口にした日には、本当に神様が出てきちゃうやつだ。

そわっとした。誰かが耳元で「やってみたら？」と言った気がした。こういうとき、元中二病患者という経歴は厄介《やっかい》だ。なにしろ、その手の唱え言の知識も、環は持っているわけで。

「――一《ひ》、二《ふ》、三《み》、四《よ》」

誰も見ていないという状況が、環の背中を押した。

「五《いつ》、六《む》、七《なな》、八《や》、九《ここの》、十《たり》」

唱えながら神楽を舞う。背に結った長い黒髪がゆらりと揺れる。

そういえば、幣殿にいるあいだはしゃべってはならないのだったと思い出したが——まあいい。それこそ誰も見ていないのだから……。

「布留部《ふるべ》」

「布留の唱え言」と呼ばれる呪文を環は選んだ。死者の魂ですら揺り動かし、よみがえらせると言い伝えられている、古い古い、復活の呪文。

——本当に出来心だったのだ。神様を呼び出すつもりなんてなかった。何もない、ただの、十五歳最後の夜だったはずなのに。

「由良由良止《ゆらゆらと》、布留部《ふるべ》」

最後までとなえた瞬間、ヒュオッと山側から風が吹いた。

一之鳥居から駆け下りて、環の頬《ほお》をすり抜けていった突風に、バタンと大きな音を立てて背後の戸が開く。バタンバタンと続けざまに木戸の開く音が続いた。祖母や大叔母、氏子総代たちが詰めているはずの拝殿《はいでん》の扉を開き、夏希の舞う神楽殿を通り抜け、境内から二之鳥居、石段を駆け下りて三之鳥居から表へと——。

「——え?」

思わず、そのゆくえを目で追った。瞬間、環は硬直した。

目を離した幣殿の奥――本殿の一之鳥居の向こうに、何かがいる。

（なにこれ……）

どくどくと心臓がうるさい。一瞬で体中の血管が限界まで膨張《ぼうちょう》した。血流がものすごい勢いで全身を駆け巡っているのがわかる。

「……っ」

危機感が募《つの》る。冷たい汗が背中を伝う。振り返ることさえゆるさない、人間《ひと》を本能的に屈服させる力の気配――。

環はそれを知っていた。

最近はすっかり忘れかけていたけれど、子供のころからずっとずっと、この気配に見つめられていた。

（何……）

――いや、違う。

「……だれ？」

声を喉《のど》から絞《しぼ》り出す。その瞬間、鳥居の内側からあふれ出した光の渦《うず》に、環はなすすべなく呑《の》み込まれた。

❖

夢を見た。

その日、吉備の内海は穏やかに晴れていた。浜に寄せる波は小さく、遠浅の内海に浮かぶ島影は、うららかな日差しを受けてぼんやりと霞んでいた。

星の居る空を背に、日の照る空を向いた肥沃《ひよく》な土地。日の渡る道の下には海がたゆたい、背後の山からは幾筋もの川が海に流れ込む。山と川と海と日に恵まれ、黍《きび》が豊かに穣《みの》るこの土地を、人々は「吉備」と呼んでいた。

浅瀬を挟んで向かいに「中山《なかやま》」と呼ばれる島を臨《のぞ》むこの一帯は麻生《あそ》の郷《さと》だ。のたりのたりと寄せては返す波打ち際で、玉依《たまより》は村の娘たちと一緒に海松《みる》を採っていた。

歳《とし》は十六。敬愛を込めて「吉備津彦」と呼ばれる吉備の国長《くにおさ》・浜人《はまひと》の娘だ。母・刀自女《とじめ》譲《ゆず》りの美貌《びぼう》に、腰まで伸ばした黒髪の娘は、神を依らせる力を持って生まれたために、「玉依」と名付けられた。

十六年前、生まれたばかりの赤ん坊を一目見て、名付け親の老巫女は感激に涙したそうだ。「いずれ神の妻になる子だ」というのが、その時の託宣《たくせん》だった。だが、十六になる今日まで、玉依は夫たる神には出会えぬままでいる。父のまわりからは、そろそろ人間《ひと》の婿を迎えてはどうかという声が上がりつつあることを、玉依は知っていた。先ごろ、妻問《つまど》いの多さに折れた父母に呼び出され、「おまえはどうしたい」とたずねられたからだ。

すぐには答えられなかった。常々「おまえはいずれ神の妻になるのだ」と言い聞かされ、神に仕える者として育った身だ。いきなりそんなことをきかれても困る。だが、もしも人間の妻になるならば、早いうちに相手を決めねばならない年頃であるのは明らかだった。悩んだ末に、玉依は「次の大潮《おおしお》の夜までには答えを出します」と留保した。今日がその大潮だ。

（……このまま、現れるのかどうかもわからない神様を待って年をとるのはつまらない）

けれども、郷の男から夫を選んで妻になるのは、もっとしっくりこなかった。自分には、用意された、正しい、行くべき道があるように思う。十六年前の託宣にすがるわけではなく、環の中の巫女の血がそう叫ぶのだ。でも、その方向も、方法もわからない――。

揺れる彼女の複雑な心に、吉備の浦の美しい海はやさしかった。海松を刈る手はやがて止まり、深くへ深くへと潜っては魚たちと戯《たわむ》れる。気付けば、ずいぶん長い時間がたっていた。

玉依が息継ぎに海面から顔を上げたとき、浜辺で貝を採っていた年下の少女たちが彼女を呼んだ。

「姫様！」

見ると、皆そろって立ち上がり、沖のほうを見たり、指さしたりしている。皆一様に興奮したような、それでいて不安そうな面持《おもも》ちだった。

「姫様、見て！　あれは何？」

「舟かしら？　大きな舟！　それもたくさん！」

「舟……？」

そんなもの、めずらしくもなかろうにと思いながら、玉依も彼女たちの指す先に視線を向けた。そこにあるものに目を留めて、玉依は呟いた。

「舟だわ」

少女たちの言うとおり、巨大な舟だった。しかも、一艘《そう》だけではない。大舟を先頭に立てた大船団だ。

「なんて大きい……」

見たこともない舟の大きさと数に、我知らずおののいた。

吉備の国で日常に使う釣り舟は、大きな丸太を縦に割り、中を刳《く》り抜いて作った刳舟《くりぶね》だ。一人乗りが主で、よほどの巨木でもない限り二人は乗れない。

だが今、中山の陰から姿をあらわしたその舟には、
舳先《へさき》に一人、艫《とも》に一人、そして胴の部分にも一人乗っている。その大舟に率《ひき》いられ、一人乗り、二人乗りの刳舟が何艘も扇《おうぎ》のように広がって付き従う様は、玉依たちの目には異様に映った。

（一、二、……三人？）

「姫様……」

海士《あま》の娘たちも次第に気付き、玉依のまわりに集まって不安そうにしている。

「大丈夫」となだめながらも視線は船団から離さぬまま、厳しい声で玉依は言った。

「陸《おか》に上がりましょう、早く」

周囲の娘たちに声をかけあい、陸に上がる。すぐに一番足の速い娘に言いつけた。

「足早《あしはや》。郷まで駆けて、お父様たちに伝えて。『大舟が来た。吉備の浦を埋め尽くす数だ』と」

「わかった！」

すぐさま伝令の娘が駆けていく。

「阿刀《あと》。壱与《いよ》。子供たちを連れて逃げなさい。隠れるときには笹の草むらに身を潜めるのよ。けっして声を立ててはいけません」

「わかりました」

阿刀はそう答えたが、壱与は首を縦に振らなかった。同い年、玉依と共に育った幼馴染《おさなな じ》みで、この春に嫁《とつ》いでなお世話係でもある娘だ。

「壱与」

玉依は声に力を込めたが、彼女は首を横に振った。

「いやです。わたしは姫様と一緒に残ります」

「だめ。早く逃げて」

「なら、姫様も一緒にお逃げください！」

かたくなな懇願《こんがん》に眉《まゆ》を寄せ、玉依は阿刀と少女たちに「先に行きなさい」と指示を出した。

「……姫様……」

残ってどうするのかと不安そうな壱与に視線を投げる。

（……気付かないの？）

そういうものなのかもしれなかった。あの先頭の舟が放ち、船団全体を覆《おお》っているすさまじい力――人ならざるあの力は、おそらく普通の娘である壱与には感じ取れないものなのだ。

じわりと体の奥底から湧き上がる畏《おそ》れと高揚《こうよう》に唇が震える。それを必死に押し殺しながら、玉依は言った。

「見て。あの舟たち、誰も漕《こ》いでいないのに、風に逆らってまっすぐこちらに向かってくる」

「……っ」

言われてやっと気付いたらしい壱与が息を呑み、ガタガタと震えだした。

「鬼……鬼だ……！」

「違う」

玉依は短く遮《さえぎ》った。

船団は波間をすべるように浜に近づき、先頭の大舟の中央に立つ人物もよく見えるようになっていた。

すらりとした長身だった。その、ゆるぎなく立つたくましさ。腰には黄金の炎をまとう大太刀《おおたち》を佩《は》いている。顔貌《がんぼう》は目を瞠《みは》るほど美しく整っていた。刀で削《けず》ったような鋭い輪郭《りんかく》と鼻筋、くっきりとした二重《ふたえ》の目。緑なす黒髪を下げ美豆良《みずら》に結い、玉の緒の飾りを垂らしている。両頰から続く朱《あか》い火焔《かえん》の紋様は首筋を這《は》い、筒袖《つつそで》の衣の中へと続いていた。

彼は玉依と目が合うと、ゆったりと唇の端を上げて笑いかけた。

「！」

瞬間、喉元を突かれたような衝撃が玉依を襲った。彼にそのようなつもりはなかったのかもしれないが、彼の人ならぬ力は、まだ沖にあっても玉依を——人間をひれ伏させるに十分だった。

（だめだ。ここにいたら壱与が危ない）

悟って、告げた。

「壱与。ここはわたしに任せて、お父様に知らせてちょうだい。『客人神《まろうどがみ》がいらっしゃった。宴《うたげ》の用意をしてください』と、必ず伝えて」

「姫様……!?」

「まだわからない？　あの荒ぶる力を収めていただかなくては、郷に入っていただくわけにはいかない。おまえも、郷の者も皆神気に中《あ》てられて死んでしまう。ここで鎮魂《たましずめ》ができるのは、わたし以外にいない」

「でも、姫様！」

「早く行って！」

壱与はしばらく逡巡《しゅんじゅん》していたが、やがて大舟が浅瀬に着くと同時に、まろぶように駆け出していった。

（行ってくれた……）

本当にぎりぎりだった。砂を踏む壱与の足音を背後に聞きながら、玉依は大舟の主から視線を離さずにいた。

ざばりと波打ち際に降り立つと、彼はまっすぐこちらに歩いてきた。近くで見ると、仰《あお》ぐような長身だ。袴《はかま》の裾《すそ》を波が濡らすのを気にする様子もない。おおらかな気風が伝わって、それだけでも玉依はホッとした。

（臆すな）

勝手に震える体に命じ、平伏したまま頭上に比礼《ひれ》を差し出した。神の御足をぬぐう手布にしていただくためだ。

「もらおう」

ゆるぎない、それでいて、穏やかな声だった。いっそやさしげですらある。

「――！」

だが、声をかけられ、比礼を受け取られた瞬間、玉依の体にかかる重圧は何倍にも増した。見えない力に臓腑《ぞうふ》を押し潰される。苦しさに、歯を食いしばって耐えた。

「この郷の娘か？　ここはどこだ？」

「……っ」

息が苦しい。体中を内側から締め上げられ、今にも肌を破って血があふれ出しそうだった。巫女として生まれた玉依でも、神とじかに接すること、言葉を交わすことは、これほどまでに消耗《しょうもう》するのだ。

脂汗《あぶらあせ》を滲《にじ》ませつつ、砂に額を擦りつけ、喉《のど》から声を押し出した。

「かけまくも畏《かしこ》き大神の御前を拝み奉《たてまつ》りて、畏み畏みも申さく……」

「許す」

彼がそう応えると、にわかに呼吸が楽になった。

「……ッ」

咳《せ》き込み、二度、三度、全身で息をしてから問いに答える。

「……ここは吉備の国、麻生の郷。この港は吉備津と申します。わたくしは吉備津彦、麻生の浜人の娘にございます」

「そうか。吉備か。うるわしき、うまし国だな」

男神《おがみ》の言葉は、発されただけで国への祝福となった。見えない力が国中に行き渡るのを、玉依は全身で感じていた。おそろしくも、うるわしく、強き神。どうしようもなく、彼に惹《ひ》かれた。

彼はたずねた。

「麻生の姫、名はなんという？」

「！」

玉依は再び全身を硬くした。名をきかれるということは、神が玉依に興味を抱いているということに他ならないからだ。

震える声で答えた。

「玉依と申します」

「顔を上げなさい」

おそるおそる面《おもて》を上げた。彼の顔が視界に入るあたりからまた苦しくなってきた。目は一瞬しか合わせられなかった。瞳に朱い炎がゆらめく、それはそれは美しい目をしているのに。頭を下げずにいるだけでも必死だ。

そんな玉依の様子に、彼は心動かされたように呟《つぶや》いた。

「……名のとおり、わたしと目を合わせ、言葉を交わす力を持っている」

それから、彼は声音《こわね》を変え、ゆったりと、美しい節を付けて唱えた。

「くわしき吾妹《わぎも》。手巻《たまき》の玉に、振り揺らし、手玉《ただま》に取らん。くわしき吾妹」

それは妻問《つまど》いの言葉だった。男神は、手首に巻いて身を飾る玉のように、身近に玉依を置きたいとおっしゃっているのだ。

抑えきれない歓喜が体の底から湧き上がった。

（あなたが、わたしの待ち続けた方）

視線を上げ、玉依は震える喉を叱咤《しった》して応えた。

「いとこ兄吾《せ》が兄。きみが手に取り、振り揺らす、手玉となさめ。いとこ兄吾が兄」

――そうして、玉依は神の妻となった。

❖

頭が割れそうに痛かった。

「いったー……おかあさん、頭痛薬……」

言いかけて、自分の声に目を覚ます。

幣殿《へいでん》だった。どのくらい意識を失っていたのかわからない。ハッとして振り返ると、背後の拝殿《はいでん》は見えなかった。すぐそこにあるはずなのに、薄墨《うすずみ》色の何かで塗り込めたように、分厚い薄闇があちらとこちらをはっきりと隔《へだ》てている。ただ見えないというだけでなく、たとえるならばあの世とこの世のような、時間と空間のねじれを感じた。

（……まだ夢を見とるんじゃろか……）

思わずそう考えたけれど、違う。現実だ。

ぞわりと背筋が寒くなる。この異空間に一人きりなのだと実感を強めながら、おそるおそる本殿を見上げた。

一之鳥居の御簾《みす》は、内側からごうごうと放たれる黄金の炎にあおられて外側に巻き上がり、半分外れかかっていた。あきらかに人智を超えた何かが起こっている。

呆然《ぼうぜん》と見つめているうちに、噴き出す黄金の炎の奥から、男が一人、ゆっくりと姿をあらわした。

「――!?」

息を呑《の》む。炎の中から人が出てくるというだけでも相当異様ではあるのだけれど。

(何あれ、コスプレ……?)

状況も忘れて、ちょっとひいた。

環より少し年上くらいにも、二十代後半くらいにも見える、年齢不詳の水際立《みずぎわだ》った美貌《びぼう》は、たった今見ていた夢に出てきた男神にうり二つだった。頬《ほお》から胸元まで伸びやかに続く火焔模様の刺青《いれずみ》までまったく同じだ。なのに、戦隊モノの変身前と変身後くらいイメージが違う。

夢の神様は瞳こそ同じ色をしていたものの、髪は落ち着いた黒髪だったし、日本神話の神様らしい古代装束《しょうぞく》を身につけていた。なのに今、本殿から環を見下ろしている彼ときたら、まるでアニメから抜け出てきたようなド派手な格好だったのだ。

（っていうか、アレもしかして……）

やっぱり自分の夢――でなければ、妄想でも見ているんだろうか。あまりのいたたまれなさに、脇腹を汗が伝う。

燃え盛る炎のような朱い髪に、金をはらんだ朱の瞳。紅の衣と甲冑《かっちゅう》に金の装飾をあしらったド派手な衣装は、どう見ても、環が今ハマっている深夜アニメの推しの格好そのものだった。まるで二・五次元ミュージカルそのもの。違うのは顔くらい……というか、こちらの彼のほうが三倍くらいワイルドで格好いいのだけれど。

（あああああ、恥ずかし……！）

ああいうのは、ＤＶＤや舞台で見るからいいのだと痛感した。こうして実際に目の前に立たれると、違和感といいたたまれなさがハンパない。なにしろ中二病からやっと抜け出したばかりなので、塗りつぶしきれない黒歴史が鮮やかに脳裡《のうり》によみがえってきてしまう。つらい。

だが、コスプレ男は真剣だった。強い視線で環をとらえ、心の奥底まで見通そうとするかのように見つめてくる。

その視線に、唐突《とうとつ》に幼少期の記憶がよみがえった。

三歳詣《まい》り、七歳詣り、十三詣り。正月や秋祭り。神社の境内《けいだい》で遊ぶとき。どこからかじっとりと環を見つめていた人ならざるものの視線。あの視線は――。

「……あんたじゃったん」

環は呆然と呟いた。

環はそれを知っていた。幼い頃から――どころか、生まれる以前から連綿《れんめん》とつらなる魂の記憶として。

「あんたじゃったんじゃね」

彼は莞爾《かんじ》と微笑《ほほえ》んだ。


「ひさしぶりだ、手玉の君！」

さっき夢の中で聞いたばかりの、朗々と響く美声だった。

端整な顔に満面の笑みを浮かべ、ド派手なコスプレ男は、黄金の炎の階段を駆け下りてきた。環のいる幣殿に向かって一直線に。

（え……えっ⁉）

「ちょっ、うわっ……！」

身構える暇もない。目の前まで炎が迫り、思わず後ずさったところへ、頭ひとつほども体格の違う男に全力でぶつかられた。ぶつかってきた本人が抱き留めてくれたので、吹っ飛ばされずにすんだけれど。

ほっと胸を撫《な》で下ろしたのも束の間、軽々と抱き上げられる。

「今生《こんじょう》はまた一段と愛らしいな！」

喜びを抑えきれない声で叫び、子供を「たかいたかい」するように持ち上げられた。身長百六十センチの環を持ち上げたまま、くるくる回り出す。ものすごいはしゃぎようだった。

「やめて！　下ろして！　こわいって！」

環は必死に突っぱねるが、彼の体はびくともしない。環をぎゅうぎゅう抱き締めながら、彼は感極まったように叫んだ。

「見事な玉振《たまふり》だった！　長く眠りすぎて頭が痛くなりそうだったが、こんなにすっきり気分よく目覚められるとはすごいな。惚《ほ》れ直した。さすが俺の嫁！」

「は？　嫁⁉」

（嫁って言った、今⁉）

呆然とする環に、彼は何を当たり前のことを、という顔で頷《うなず》いた。

「『嫁』だろう？　ああ、もしかして言葉が間違ってるか？　参考までにおまえの知識を見せてもらったが、言葉は難しい。何と言うのが正しいんだ？　『奥さん』？　『お嫁さん』？　ああ、『奥さん』がいいか。かわいくて、おまえによく似合う」

矢継《やつ》ぎ早《ばや》に言いながら、人懐っこい笑顔でこちらをのぞき込んでくる。

「ちょっと、ちょっと待って！」

今度こそ、彼の胸に手を付いて距離を取った。彼は少し不満そうな顔をしたが、環の心底混乱した顔を目にしたせいか、何も言わなかった。

「……あの。確認したいんですが、」

「ああ。どうぞ」

「わたし、結婚した覚えはないんですけど……」

そう。今日の日付が変わるまで十五なのだから、結婚などできるはずがないのだ。現代日本の法律が禁じている。

（もしかして、新手のストーカー？）

ド派手なコスプレ男とはいえ、こんな輝くようなイケメンが？　環のような冴えない女子高生と？

（ないわー……妄想でもないわー）

一気に気分が萎《な》えてしまった。想像するだけでも自意識過剰《かじょう》で訴えられそうだ。夢小説は愛読しても、あいにく現実に夢は見ていない環である。

彼は不思議そうな表情で「ストーカー？」と呟《つぶや》いた。思考を読んだとしか思えないタイミングだ。ぞっとした。

「心を読んだりせんでください。怖いわ」

「ああ、悪かった。ところで、ストーカーとはどういう意味だ？」

悪気のない顔できかれてしまい、環は視線をさまよわせた。

「……ある人のことを好きすぎて、その人の行動を全部知らないと気がすまない人のことです。好きな人の気持ちに関係なく、その人の後をつけたり、監視したり……ひどくなると、その人は自分のものだと思い込んだりします」

ちなみに犯罪です、とまでは言えなかった。どう見ても人外のヒトを前にそこまでぶっちゃける勇気はない。

環の説明に、彼はフハッと噴き出した。

「なるほど。そうだな。現代風に言えば、俺もストーカーかもしれない。相手は奥さん限定だが」

もはや、どこから突っ込んだらいいのかわからない。

「だから、わたし、結婚してないですって……」

力なく言うと、彼は少し首をかしげた。

やわらかく波打つ朱赤の髪がふわりと揺れる。美しく、強く、おそろしいのに目が離せない。彼そのものが炎の化身のようだった。――コスプレ男なのだれけども。

そういえば、腰の大太刀《おおたち》を覆《おお》うこの炎はどういう仕組みなのだろう。ちろちろと大きくなったり、小さくなったり……。思わず、そうっと手を近づけてみたが熱くない。ということは、本物の炎ではないのだろうか。

彼は「混乱しているな」と苦笑した。

「憶えてないのか？　俺のことを、まったく？」

「……初対面だと思いますけど……」

そっくりさんの夢を見たのは、世間的には「会った」とは言わないと思う。

彼は「そうか」と眉尻《まゆじり》を下げた。しょうがない、という表情だったけれど、さみしく思っているのだろうなというのは伝わってきた。罪悪感を刺激され、「すみません」とうつむく。彼は「しかたない」と苦笑した。

「俺も確認したいんだが、いいだろうか？」

「ええまあ、わたしに答えられることだったら……」

「おまえは麻生の巫女だろう？」

「神社のって意味ですか？　なら、そうです。今晩、巫女になりました」

「そして、そのおまえに呼ばれて俺は目覚めた」

「……はぁ」

「それなら、やっぱりおまえは俺の奥さんだ」

「すみません。お呼びだてした覚えは、全然、まったくないんですが」

「だが、玉振を行ったのはおまえだろう」

「……タマフリ……？」

耳慣れない言葉を復唱した。タマフリ――「玉振」。神道《しんとう》で行う神事のひとつだ。祭神の魂を揺り動かし、力を与え、活性化させる。環にとっては、神道の知識というよりは、どちらかというと中二的な興味で得た知識だ。

（……げ）

と思った。そう言われると、思い当たるふしがないこともない。

気を失う直前、環は幣殿で神楽《かぐら》を舞った。布留《ふる》の唱え言を唱えながら。中二心にそそのかされ、「ラノベだったら、ここで唱え言なんか口にしたら神様が出てきてしまう」場面で、「死人でさえよみがえらせると言い伝えられている、古い古い、復活の呪文」を唱えたのだ。

（待って待って待って、じゃあ、もしかして……!?）

思わず彼の顔を見上げた。

まさか本当に、自分の中二衝動が彼を呼び起こしてしまったのか。だとしたら、このコスプレ男は。

「大吉備津彦命様……？」

麻生神社の御祭神の名前だった。このあたり、吉備一帯の守り神様。もっとも有名なところでは、備中国一宮《びっちゅうのくにいちのみや》である吉備津神社にも祀《まつ》られている、吉備の国津神《くにつかみ》。「桃太郎」だ。

「そうとも」

にっこりと頷かれ、環は両手で顔を覆った。指のあいだから、くぐもった声をなんとか押し出す。申し訳ない気分でいっぱいだった。

「……間違いです」

「うん、なんて？」

「だから、間違いなんです。すみません。出来心だったんです。あなたを呼び出すつもりなんてなかった……ごめんなさい」

環の言葉に、大神はしばらく沈黙した。

それから、静かな声で「顔を上げなさい」と命じた。逆らう気も起きず、手を下ろして彼を見つめる。炎のコスプレ男、もとい、大吉備津彦は怒るでもなく、落ち着いた表情で環を見下ろしていた。

「なんとなく、事情は察した。おまえは俺を呼び出すつもりはなかったのだな？」

「そうです。すみません」

「なるほど……。それでも、おまえが吾妹《わぎも》であることには変わりない」

「わぎも？」

「『俺の奥さん』という意味だ。『嫁』と呼ぶよりいいだろう？」

――俺の奥さん。

何より先に赤面してしまった。この「イケメン」と呼ぶのも申し訳ないような美丈夫《びじょうふ》に言われると、インパクトが強すぎる。おまけに、環に目を細める彼の表情が、いかにも「好きな人」に向ける表情だったので、環は思わずうつむいた。

「……さっき、夢を見たんですけど。あなたの奥さんは、あの人じゃないんですか？」

「あの人？」

「吉備の、麻生の玉依姫」

環の言葉に男神は頷いた。

「いかにも。そして、それはおまえのことだ」

「え……？」

「おまえの左手首にしるしがあるだろう」

「！」

思いがけないことを指摘されて息を呑《の》む。

巫女装束《しょうぞく》に隠れた左腕。ちょうど手首のすぐ上あたりに、生まれつき白い環《わ》のような痣《あざ》がある。環の名は、その痣からつけられたものだ。

環がおそるおそる着物の袖《そで》をまくりあげて痣を見せると、男神は満足げにそれを指さし、頷いた。

「俺が婚姻の誓いに贈ったものだ。おまえが俺の奥さんだというしるし」

「……信じられん」

さっきの夢でも、そのシーンまでは見ていない。

呆然《ぼうぜん》と呟くと、彼は「それも憶えていないのか。薄情だな」と、冗談のように、だが、おそらく本音を漏《も》らし、苦笑した。

「大昔のことだが事実だ。おまえからは比礼《ひれ》をもらい、俺からは貝の環を贈った。おまえと俺が夫婦になったしるしだ」

「……でも、あの人はあの人でしょう。わたしじゃないです」

明日で十六。たったそれだけしか生きてこなかった環だが、それなりのアイデンティティはもっている。あの夢に見た巫女姫が自分だと言われても、全然ピンとこなかった。

だが、男神は「あれとおまえは同じだよ」と言う。

「姿かたちは多少違っても魂はひとつだ。魂に刻まれたその環が教えてくれる。俺の奥さんはおまえ一人だ」

「……わかりません」と、環はうつむいた。

彼が――神様がそう言うのなら、そうなのかもしれない。でも、心が違うと反発する。たった今さっき夢に見ただけの、何千年も昔の――神様が海からやってくるようなファンタジーな時代の女性と自分が同一人物だと言われても、実感なんて湧くはずもない。

「……麻生の巫女。俺を受け入れてはくれないのか？　おまえが愛してくれないのなら、俺はこれからどうすればいい？」

男神がかなしげに眦《まなじり》を下げた。炎の神気も小さくなり、ゆらりとおぼつかなく揺れている。

（そんなこと言われても……）

だが確かに、「麻生の巫女」という立場を考えるなら、環は彼の妻なのだった。

かたちだけ。ただ一夜を神社の幣殿《へいでん》で過ごすだけ。何も変わらない、単なる退屈な儀式だと思って引き受けた役だったが、その一夜に起きてしまったことなのだ。その上、自分の中二病のせいで呼び起こしてしまった相手に、「間違いでした。お帰りください」は、さすがに失礼だと思う。

（……やっぱり、このヒトが神様の世界（？）に帰るまでは、うちで預かるくらいはしなくちゃなのかも……）

色々ぐるぐる考えた末、環は再び彼の顔を見上げた。

「……わたしが必要なんですか？」

はるか神話時代に生きた神様。吉備の国の守り神。環がいてもいなくても、偉大な男神にはきっと大した違いはないと思うのだけれど。

彼はごくごく真剣に頷いた。

「くわしき吾妹。どうか俺を愛してくれ」

そうっと両腕で抱き寄せられる。

抵抗はしなかった。でも、それは自分のことではないと思った。求愛されているのも環ではない。環の中にあるという、彼の「奥さん」の魂に向けられた言葉。

関係ないと突き放すこともできた。でも、その声があまりにも切実だったから。

(イケメンってずるいわ)

なにしろ二・五次元ミュージカルが好きなくらいなので、イケメンには弱いのだ。その上、推しの格好ときている。まったくずるい。計算してこうなのだったら本当にずるい。

環はひとつ息をつき、ゆっくり腕を持ち上げた。

「……『愛する』とか、『奥さん』とかは置いといて、」

彼の腕に手を添える。

「とりあえず、神様と巫女としてでもよかったら……」

「……わかった」

いかにもしぶしぶとした返事に笑ってしまう。

大好きだったんだなと思った。本物の奥さんのこと。夢では、なかなか神様らしかったのに。

この格好といい、表情といい、物言いといい、確かに神様なのだけど、どこか人間くさくて憎めない。

(……かわいいかも)

ついそんなふうに思ってしまい、ふふっと笑った。頷いた。

あの夢で、玉依姫は彼になんと呼びかけていただろうか。記憶をたどって、口にした。

「……わかりました。吾が兄《せ》の君」

その瞬間、彼は黄金の炎となって、環の体を包み込んだ。

2．浦彦

夢を見た。

歓喜と高揚《こうよう》に満ちた夜だった。

吉備《きび》の浦から客人神《まろうどがみ》を迎えた夜。麻生《あそう》の郷《さと》の者たちは、総出で大神の一団をもてなした。

宴《うたげ》の席には郷中からありとあらゆる酒と食べものが集められ、玉依《たまより》をはじめとした娘たちは歌舞で席を盛り上げた。

円居《まどい》の中心に置く炎は、大神自ら賜《たまわ》った。黄金色の炎を操る異郷の神。郷の者たちは彼の力の強大なことを畏《おそ》れ、敬《うやま》い、喜んだ。

この時代、異郷からの客人は、神であれ人であれ丁重に歓待されるのが常だった。他地域との交流が少なく、血の濃くなりがちな時代において、新たな血の流入はその土地に隆盛をもたらすものだったからだ。

消えることのない神の火が、小さな熾火《おきび》に鎮《しず》まった夜更け。男神《おがみ》の臣下の男たちは、それぞれ郷の娘を伴《ともな》って寝所へと引き上げた。玉依もまた、大神と寝所を共にした。すばらしい夜だった。

「くわしき吾妹《わぎも》。おまえにこれを授けよう」

明くる朝、大神は玉依に貝の環を賜った。玉依は丁重に受け取って、左の手首にそれを通した。真っ白に磨《みが》いた貝の表にところどころ虹が浮かぶ、美しいものだ。それは、玉依の小麦色の肌によく映えた。

「おまえを守り、俺の下《もと》に導くしるしだ。たとえ暗闇でも、遠く離れても、おまえがこれを着けていれば俺にはわかる」

――つまり、自分がこの大神の妻となったというしるし。

目を細めてそれを一撫《ひとな》でし、玉依は夫となった大神を見上げた。

「かけまくも畏《かしこ》き吾が兄の大神。もしお許しいただけるなら、わたくしがお呼びする名を差し上げたく存じます」

玉依の申し出に、彼は「許す」と鷹揚《おうよう》に頷《うなず》いた。

「それでは、どうか『浦彦《うらひこ》』様と……。吉備の浦よりいらっしゃいました、吉備の浦彦様とお呼びいたしたく……」

「浦彦」

その響きを舌の上で確かめて、大神は――吉備の浦彦は「良い名だな」と微笑《ほほえ》んだ。

❖

小鳥のさえずりがいつもより近くに聞こえる。

誘われるように目を覚ました。朝だった。空気は澄み、しらじらとした朝日が禁足地《きんそくち》の森に差し込んでいる。小鳥たちのさえずりは、その森から聞こえてきているのだった。

(……鳥の声が近いのも当然じゃわ)

体を起こしながらそう思う。

環《たまき》の家は境内《けいだい》の外、階段を下った三之鳥居のまだ向こうだ。ここまで山に近くはない。その御神体の麻生山の様子が、御簾《みす》の吹き飛ばされた本殿の一之鳥居のあいだからよく見えた。

すがすがしく晴れた、白い朝。

不思議と寒さは感じなかった。澄んだ空気は肌を刺すほど冷たいのに、体はなぜか冷えていない。むしろ下腹部が重たいような熱っぽさがあった。もしかしたら、発熱しているのかもしれない。

上体を起こし、あたりを見回したが、幣殿《へいでん》の中には他に人の姿はなかった。

（……夢？）

夢だったんだろうか。思い起こすのもためらわれる、自意識過剰《かじょう》で恥ずかしい夢を見ていた気がする。中二病を再発して、コスプレ姿の御祭神様を呼び出してしまったこと。彼と自分によく似た人たちが出てくる、神話時代の夢を見ていたこと――。我ながら、あまりにも妄想たくましい。

ほっと小さく息をつく。片付けはあとにして、とりあえず祖母と大叔母《おおおば》のところへ戻ろうと立ち上がる。

と、環の安堵《あんど》をぶち壊す声が聞こえた。

『起きたのか？』

「……⁉」

ギョッとしてあたりを見回す。

「……浦彦、様……？」

小さな声で環が呼ぶと、体の内側から声が応えた。

『おまえの中だ』

「‼」

再びギョッとして自分の体を見下ろした。外見は何も変わっていなかったけど。

「……どういうこと」

声がこわばった。

夢――ではなかったらしい。残念ながら。夢だったと言われるほうがよほど現実らしいのに、現実は厳しい。

(えっと、最後どうなったんじゃっけ……)

巫女《みこ》として、彼の存在を受け入れようと決めたことは覚えているけれど。

(いやでも、こんなことになるなんて聞いてない)

環としては、あくまで麻生家でお仕えしている御祭神様としてというか――最悪、神社に居候《いそうろう》させるくらいはしかたないかなとは思っていた。でも、まさか、自分の内側に同居させることになるとは考えてもいなかった。予想外だ。

「出てってください」

きっぱりと環が言うと、内側からは『無茶を言うな』と返ってきた。全然真剣に取り合ってくれていない。イラッとする。

「無茶？　あなたのやってることのほうがよっぽどむちゃくちゃじゃないですか。わたしの体です。出てって！」

『叫ばないでくれ。頭に響く』

「なら、二日酔いのオヤジみたいなこと言ってないで、さっさと出てってよ」

『……二日酔いのオヤジ……』

呆然《ぼうぜん》と呟《つぶや》いたあと、浦彦はフハッと噴き出した。

『おもしろい子だなぁ！』

大笑いが自分の内側から響いてくる。今度は環が懇願《こんがん》する番だった。

「叫ばんで。頭に響く……」

『だろう？』

ふふっとおかしそうに笑い、彼は爆笑を引っ込めた。

『二人でひとつの体に入ってるんだ。慣れないうちは窮屈《きゅうくつ》かもしれないが、仲良くやろう。夫婦なんだしな』

「待って。何勝手に住み着くことにしてるんですか」

『強情だな』と浦彦は苦笑したようだった。

『俺も自分の体でいたいのは山々だが、今は無理だ。今の俺は存在自体が不安定過ぎる。こうして、おまえの体の中にいるのが一番いい』

「でも別に、わたしじゃなくても……」

『おまえがいいんだよ』

強く言い切られ、環は声を失った。おまえに頼みたい。おまえがいい——十六年の人生で、そんなふうに言ってもらったことはなかったから。

思わず口走った。

「なんで、わたしなん……？」

『おまえが俺の巫女だからだ』

——つまり、環が玉依の魂を持っているから。

高揚《こうよう》は一瞬で消え去った。自分でも思いがけず不快に感じて黙り込む。自分の中にいる男神が、環自身ではなく、環を通して彼の妻しか見ていないことにいらついた。

『怒ったのか？』

内側にいるぶん、環の感情が伝わりやすいのだろう。浦彦はやや驚いたようにたずねた。それが環の心を余計に逆撫《さかな》でする。いくら神様でも無神経だ。それとも、神様だから人間の気持ちがわからないのだろうか。

いらいらするけれど、でも一方でしょうがないとも思った。現実なんてそんなものだ。冷静に考えれば、とくにこれといった長所もない環が神様に特別に選ばれるなんて、誰かの身代わりでもない限りありえない。今だって環が勝手に期待して、勝手に落胆《らくたん》しただけだ。

「……変なことせんでくださいね」

しぶしぶと環が言うと、浦彦は不思議そうに問い返した。

『変なことって？』

「……世界征服とか」

一瞬の間を空けて、浦彦はまたも爆笑した。

「ごめんなさい、悪かったです！　お願いだから中で大笑いしないで！」

『おまえが……っ、あんまりおもしろいことを言うからだろ……っ』

ひとしきり笑ったあと、まだくつくつと笑いを残しながら、浦彦は『しないよ』と言った。

「本当に？」

『しない。興味ない。なぜ、いきなりそんなことを思いついた？』

「あなたの力があったらできそうかなって」

なにしろ炎を自在に操る神話時代の神様だ。漫画や小説なら間違いなくやる。

「あーでも、戦車とかミサイルとかが出てきたら無理じゃろか……」

「……ッ」

環の独り言《ひとりごと》が再び笑いのツボを突いたらしく、浦彦は引き攣《つ》った笑いを最後に黙り込んでしまった。笑いすぎて声も出ないらしい。

「……すみませんでした」

『いや。……いやまあ、おまえがそう思うのも、無理ないのかもしれないな。人間は自分と異なるものを畏《おそ》れるものだ』

ふいに難しいことを言い、浦彦はやわらかな、だが自明のことを読み上げるような確かな口調で言った。

『だけど、俺は吉備の国津神《くにつかみ》だ。吉備の国とこの国の人々に、豊かな穣《みの》りと安寧《あんねい》を行き渡らせること以外に望みはない』

「……」

無意識に体が震えた。

吉備の国――今で言う、岡山県とその周辺までを含む古代国家。その広大な土地を、そこに住む人々を、吹き渡る風すらも端々《すみずみ》まで見通すかのような声音《こわね》は、その一人であるはずの環の心を揺さぶり、高揚させ、同時にそら恐ろしくも感じさせた。夢物語のような言葉。だけど、彼が言うと、確かにその力があるのだと思わされる。

（神様なんじゃな）

そんなものを自分の内に収めていることが、今更ながら怖くなる。

そうっと口を開いた。

「……でも、犯罪はダメ。人に迷惑かけることもやめてください」

『神様に言うことか、それが』

「日本の神様ってやさしいだけじゃないですよね」

環のつっこみに彼は一瞬黙ったあと、含みのある声で言った。

『よく知ってるな』

「だてにオタクじゃないですから」

『オタク？』

「漫画とかアニメとか……ええと、現実にない、想像上の物語が熱狂的に好きな人たちのことです」

『俺は現実にここにいるが？』

「でも、現代日本では、あなたは完全にイレギュラーな存在です」

『知っている』

さみしげな声がぽつりと落ちる。自分の言葉は彼の存在そのものを否定してしまったのだと、その瞬間、環は気付いた。だからといって、浦彦の存在がイレギュラーなのは、フォローのしようがない事実だけど。

気まずさを覚えながら、話題を本筋に引き戻した。

「ええと……とりあえず、緊急避難的にそこにいてもいいですけど、わたしの日常生活も邪魔しないでほしいです。とくに学校に行って帰ってくるまでは静かにしてるって約束してください」

『なぜ?』

「こうやってあなたと話してるの、周りから見たら独り言言いまくってる変な人だからです」

『なるほど。他には?』

「他……」

考えて、はたと思い至った。

「お風呂とトイレと着替えもダメ!」

『わかったわかった』

浦彦の声は完全に笑っている。同じ体の中にいる相手に何を今更と思っているのが手に取るように伝わってきて、環は眉間《みけん》に皺《しわ》を寄せた。

「文句があるなら出ていってくださってかまいませんから」

『わかったと言っただろう』

「真面目《まじめ》に聞いてないじゃろ……」

ため息をつく。

それから、目を閉じて、自分の内側に浦彦の魂を探した。ぼんやりと、目隠しをされて手探りするような感覚だった。

今まで、自分の魂の在処《ありか》についてさえ、考えたことなどない。けれども、こうして彼を受け入れた事実がある以上、魂というか、精神というか――「心」というのが正しいのかもしれない、その枠組《わくぐ》みは確かに存在するのだ。

自分の心の在処。彼の心の在処。それは体の中なのか、意識の中なのかもわからない。けれども、彼の心を探して手を差し伸べる。手探りする。

『……ああ、おまえだね』

ふいにやわらかな声音で浦彦が呟いた。まるで、ずっと探し続けていた恋人に巡り逢《あ》えたみたいな声だった。もっとも、環はアニメのそういうシーンで、ヒーローが言うのを聞いたことがあるだけだが。

でも、彼が言いたいことはなんとなくわかった。内側に意識を集中すると、確かに触れている感じがある。輪郭《りんかく》はぼんやりとしているけれど、あたたかくて、やわらかくて、ふわりと包み込むようにやさしい。

（知ってる）

この存在を知っていると思った。こみあげてくるなつかしさと安心感に、頰擦《ほおず》りして泣きたくなるのは、きっと環の中の麻生《あそ》姫のせいだ。それでいて、どこかそわそわするのは、やはり人間としての本能的な畏れなのかもしれない。

「……小さな頃から、あなたに見られている気がしていました。お詣《まい》りや、境内《けいだい》で遊ぶとき」

環の言葉に、彼が『見ていた』と頷《うなず》く――頷いたような声音だった。

「やっぱり？」

『ああ。おまえが、俺の大事な奥さんのしるしをもつ子だということは、すぐに気付いた。本当にうれしかった』

「だから、いつもわたしを見てたん？」

『そうだ』

ためらいのない返事だった。やっぱり愛しているのだなと思う。彼の「大事な奥さん」を。しゃべり方とか若干《じゃっかん》えらそうだけど、この溺愛《できあい》ぶりは意外と尻に敷かれていたタイプかもしれない。

「あなたが、わたしに悪いことをすると思ったことはないんです。……でも、気持ちとは別に、すごく、怖いと思うところもあって。勝手に、手とか足とか、震えてしまって。……今も」

実際、震える手を見せる。

浦彦は少し黙って、『おまえは人間《ひと》なのだからしょうがない』と言った。許すというより、諦めているような声音だった。胸がきゅっとせつなくなる。

「けど、わたしを見てるヒトは、わたしのことを好きでいてくれとんじゃろなって、本当はちゃんとわかってたんです。わかってますから……」

たとえ、環自身でなく、環の中にいる別の人を愛しているのでも、浦彦が悪い人ではないとわかっているから。だから、どうか、あなたをおそれてしまう人間の本能を許してほしい。

環の言いたいことが伝わったのだろう。中で、彼が小さく笑ったのがわかった。やわらかく抱き締めるような声音で言う。

『わかったよ』

やさしい神様だと思った。

乱れた巫女装束《しょうぞく》を着付け直し、幣殿《へいでん》を出た。渡殿《わたどの》を渡り、拝殿《はいでん》に移動する。

「おばあちゃん？　由希子《ゆきこ》おばちゃん、大丈夫？」

開け放たれたままの扉から中をうかがうと、大叔母《おおおば》と祖母を中心に、ご近所の氏子《うじこ》のおじさんたちが集まっていた。何か相談していたようだったが、環の顔を見ると、皆一様にほっとした顔になる。

「環！」

「環ちゃん、無事じゃったか」

「遅いから心配したわ」

「えれェ風じゃったなぁ」

祭りの夜の幣殿から先は、巫女が自ら出てくるまで、何人《なんぴと》たりとも入ってはならないしきたりのせいで中に入れず、気を揉《も》んでいたらしい。

環は「遅くなってすみません」と頭を下げた。

「ちょっと気を失っていたみたいで……」

「わっちらもじゃ。皆朝まで気ィ失っとった」

祖母は環の両肩に手を置くと、「念のため、もう一日学校休んで病院に行かれェ」と言った。

「ええ?　大丈夫よ」

ちょっとびっくりした。七十代半ばでもかくしゃくとして、週に三度、家の弓道場《きゅうどうじょう》で弓を教えているような人だ。普段はこんな甘いことは言わないのに。

どうしたのかと思ったが、続いた言葉に納得した。

「今日から環は麻生神社の巫女じゃけェな」

(ああ、そういうこと)

家、神社、しきたり……そういうものを人一倍大事にする人だ。環にはさっぱり理解できないが、祖母は七十年、その価値観で生きてきた。反発したところで今更変えられるわけもないし、そういう時代の人、そういう価値観の人なのだと割り切るしかない。今年の春、巫女になることが最終的に決まってからは、余計にそう思うようになった。

「そうそう。頭でも打っとったら大事じゃけェな」

「わしらも神社《ここ》の片付けがすんだら病院行くけェ」

大人たちの意見に押し切られ、環は「わかりました」と頷いた。

正直、昨夜から色々ありすぎて疲れているのは確かだ。体もあいかわらず熱っぽい。もう一日、ゆっくり頭の中を整理していいなら、そのほうがありがたかった。

「そしたら、わしらァ、片付けェしょうか」

氏子総代が言い、男の人たちが幣殿へと上がっていく。

彼らに道を譲《ゆず》りながら、環はふと、大叔母の様子がおかしいことに気付いた。もともと口数の多い人ではないが、環が戻ってきてからずっとうつむき、一言も発していない。今日から正式に巫女を引き継いだのだ。一言くらいかけてくれると思っていたのだが――。

よく見ると顔が真っ青だ。

「由希子おばちゃん、どうかした？　具合悪い？」

環のほうから声をかけると、大叔母は「ヒッ」と息を詰めて後ずさった。一瞬環を見つめるも、すぐに目をそらし、カタカタと震えだす。

「おばちゃん……？　どうしたん？」

「環……それ、なんともねェん……？」

「えっ、何が？」

思わず自分の体を見下ろした。純白の巫女装束に緋色《ひいろ》の紐《ひも》。一晩着ていたからそれなりに皺《しわ》は寄っているが、見たところ変わったところもない。

「どこかおかしい？」

他の大人たちも「いいやァ？」と怪訝《けげん》顔だ。あきらかに、大叔母だけが反応が違う。

彼女は眉《まゆ》を寄せると、「気分が悪いから」と、一人、顔を伏せるようにして拝殿を出て行った。

「どしたんじゃろ？」

「さァなァ」

呆然《ぼうぜん》と彼女の背中を見送る環の脳内で、浦彦が言った。

『俺がわかったんだろう』

「え？」

思わずきき返す。浦彦はなんでもないことのように言った。

『あの女も麻生の巫女だろう？　俺の気配に気付くのは当然だ』

「えっ……」

心底驚いた。

（わたし以外にも浦彦がわかる人がいるの？）

『呼び捨てはやめろ』

「えっ？　あ、ごめ……っ」

心の内で呟《つぶや》いたはずのことに返事が返ってきて混乱する。突然の独《ひと》り言《ごと》に、祖母たちがいぶかしそうな目で環を見た。

「環？」

「えっと……、あの、ごめん！　わたしもやっぱり体調悪いから、先に帰るね！」

そそくさと言って、彼らから距離をとる。祖母の声が追いかけてきた。

「環！　ちゃんと病院行かれェよ！」

「ちょっと寝てからね」

返して、草履《ぞうり》を履《は》き、拝殿を出る。鎮守《ちんじゅ》の杜《もり》に囲まれた境内は、まだ早朝の気配が色濃かった。

他の人には浦彦の声が聞こえない。わかっていたことだが、環は奇妙な孤独感を味わった。昨日まで誰よりも地味で普通な女子高生だったのに、一夜にして「普通」とか「常識」とか「世間一般」からはじき出されてしまった感じ。なのに、大叔母には浦彦が感じられるなんて皮肉だ。これで「妄想だ」という逃げ道も失ってしまった。

家に向かって歩きながら、わざと心の中で言葉にしてみる。

（やっぱり学校休んで正解じゃったかも）

『そうだな』と相槌《あいづち》が返ってきた。

環は思いきり眉間《みけん》に皺を寄せた。

「心を読むのはやめてって言わんかったっけ」

『確かにそうだ』

弱った声だった。人の姿をとっていたら、たぶん、困った顔で頷いているだろうと想像できる。彼は言い訳のように続けた。

『だが、勝手に聞こえてくるものはどうしようもないだろう?』

「でも、いやじゃ!」

感情的に叫んで、我に返る。「……すみません」と謝った。

(……聞こえますか?)

『聞こえるよ。……すまない。俺も、おまえの気持ちを考えずに悪かった。おそらく慣れたら、どこかで線引きをして、聞かないようにはできると思う』

(今すぐお願いします)

切実に訴えた。

(こうやって、心の中で話しかけたときに聞いてくれるのは便利かもしれんと思います。口に出してしゃべらんでもええし、そしたら、周りの人に変な目で見られんですむし……。でも、何もかも全部隠せんのは怖いんです)

言わなくてもいいこと、言わないほうがいいことを心の内だけに止めることは、人間が社会の中でうまくやっていくために生み出した立派なコミュニケーション能力のひとつだ。

その根本をくつがえし、心の内すべてをのぞかれてしまうことは、心を丸裸にされるのと同じこと。この気がおかしくなりそうな心許《こころもと》なさを、この神様はわかってくれるだろうか。人間ではない、神様が。

環の不安を直接感じ取ったに違いない。浦彦も神妙な声で応えた。

『そうか……そうだな。悪かった。おまえたち人間が普段他人と接している程度まで、おまえと俺の干渉《かんしょう》を鈍らせよう。もう少しだけ、協力してくれるか？』

「はい」

『じゃあ、心の中で俺に話しかけて』

（浦彦様？）

『聞こえる。……わかった。これ以上奥は聞かない。のぞかない』

そう言われたところで、何かが変わるわけではなく、環は彼の言葉を信じるほかない。だが、疑うつもりはなかった。疑えば際限がない。相手は神様。信用するほうがいい、してもいいと思えた。

（わかりました。ありがとうございます）

『このくらい全然かまわない。言っただろう、仲良くやろう。俺も、かわいいおまえに嫌われる事態は避けたい』

おまえに好かれたいのだと、ストレートに言われて赤面した。血が上った顔を両手で覆《おお》う。

「……かわいいとか、やめてよそういうの。恥ずかしい」

『なぜだ？　奥さんに好かれたい、嫌われたくないというのは、それこそ人間にとっても当たり前の感情だろう？』

「だから……っ、もう！」

いたたまれない気分をはね散らすように、ズカズカと境内を歩いた。浦彦が中で笑っている。

二之鳥居の下まで来たときだった。麻生神社の南向きの長い階段の上からは、遠く、吉備の中山《なかやま》まで見晴るかすことができる。といっても、今の時期は、稲刈りのすんだ殺風景《さっぷうけい》な田んぼと、暗い緑に沈んだ丘陵地《きゅうりょうち》が一面に広がるだけだけれど。

のどかで寂れた風景を見下ろしながら階段を降り始めると、ふいに浦彦が呟いた。

『……海がない』

呆然とした口調だった。

「うみ？」

思いがけない言葉に、つい鸚鵡《おうむ》返しにしてしまう。浦彦はあきらかに動揺《どうよう》していた。

『ここは吉備津ではないのか？　吉備の内海はどこに行った？』

「うみって、塩水の……？　波が寄せたり引いたりしてる、大きな水たまりのアレのこと？」

環もつい確認してしまう。こんな内陸で「海がない」なんて言われるとは、想像もしていなかった。

浦彦は『そうだ』と肯定した。

「それなら、ずっと南までないですけど……？」

『……そうなのか……』

その声はあまりにも呆然としている。さっきまで明るくふざけていた浦彦とは思えない、うちひしがれた声だった。

「浦彦様？」

包み込むように、流れ込むように、彼の感じている悲しみと孤独が押し寄せてくる。胸を押し潰されそうなそれらにさらされ、環は思わず階段の途中で立ち止まった。

(何をそんなに悲しんどるん？)

答えはない。

戸惑う環の視界には、吉備の平野が映っていた。田んぼの向こうには、備中一宮《びっちゅういちのみや》である国宝、吉備津神社を擁《よう》する吉備の中山がはるかに霞んで見えている。

（——中山？）

ふと、今朝見た夢の風景がよみがえった。中山と呼ばれる島の向こうから、大舟に乗ってやってきた浦彦。角度は違うが、夢の中のあの島の形は、確かにあの吉備の中山のようだった。

「……もしかして、あなたの時代には、このあたりまで海があった？」

ほとんど確信を得ながらたずねる。浦彦はまだ沈んだ声で、『ああ』と肯定した。

『吉備津の「津」は港の意味だ。あの頃は、あの中山の麓《ふもと》まで、美しい内海が広がっていた……』

遠くを見ているような声だった。環の目を通して見ている今の風景と、自分の知っている風景とを重ね、なんとか結びつけようと努めているのが伝わってくる。暴力的なまでの孤独と望郷の念が自分の内側、触れられるほどすぐそばで激しく逆巻いているのがわかった。

「……」

怖かった。この神の、荒れくるう感情にまともに巻き込まれれば、環などひとたまりもない。それを自分の内側に抱え込んでいる今の状況がどれほどあやういか。改めて実感し、じわりと背中を汗が伝う。

でも、環は彼の気持ちがわかるような気がした。

この世界でひとりぼっちの浦彦。環もまた、今日からはひとりぼっちだ。ごく普通の女子高生だったはずなのに、いきなり普通の人間の枠《わく》からはみだすことになってしまった。神様と直接接して、話して、あまつさえ自分の体に同居させている。そんな人間、見たことない。世界でたった一人かもしれない、孤独な人間。浦彦の存在がわかる人は、きっと由希子のように環を恐れ、疎《うと》んじるに違いない。

孤独の質は違っているが、ひとりぼっち同士、彼をなぐさめたいと思ってしまった。そう願うのもまた、環自身の気持ちなのか、それとも環の中にいる麻生姫のせいなのか、区別はつかなかったけど。

内側にある浦彦の気配に寄り添うつもりで声をかけた。

「……ずいぶん変わってしまったんですね。その、昔と」

『そうだな』

「浦彦様、うちの神社にいたんでしょう。見えなかったんですか?」

『俺がいたのは一之鳥居の内側だからな。木が茂りすぎていて、外は何も……』

「……だったら、驚きますよね」

彼のいた神代から――夢に見た玉依の時代から、いったい何千年が経過しているのだろう。町並みが変わるなんてレベルじゃない。かつての海の底は大地になり、海ははるか沖に遠のいた。国を守り、国を愛する、国津神の知らぬあいだに。

神話時代から生きている――と言っていいのかわからないけれど、存在している神様の気持ちなんて、十六歳の環にちゃんとわかるはずもない。けれども、想像したらたまらなくせつない気持ちになって、その気持ちのまま言葉を継いだ。

「でも、見て。あなたが愛した吉備の大地は、今もまだちゃんとわたしたちの生活を支えてくれています」

中にいる浦彦にもよく見えるよう、視線を上げ、目の前の吉備の大地を見晴るかす。

日本のどこにでもある地方の片田舎《かたいなか》の風景だった。過疎《かそ》というほどでもないけれど、栄えているわけでもない。なだらかな山と、川と、田んぼと、空。山際に集まって建てられた人々の家。

この土地で生まれて十六年、環は毎日この風景を目にしてきた。はるかな吉備津。もう海のない港。けれども、人が住み、耕し、穣《みの》りを受け取る大地は、確かに浦彦たちの時代から続いてきた延長線上にあるに違いないのだ。たとえ、海が遠のき、川の流れが変わっても。

「……かけまくも畏《かしこ》き吾が兄《せ》の大神」

夢の中、玉依姫が呼びかけていた名を思い出して口にする。呼ばれた彼は、ふっと笑った。

『浦彦でいい』

「浦彦様。この土地を守ってくれてありがとう」

『……』

浦彦はしばらく返事をしなかった。けれども、炎のように逆巻いていた彼の嘆《なげ》きが、熾《おき》火《び》のように小さく落ち着いていくのが環にはわかる。

（よかった）

ひとりぼっちとひとりぼっち。今日から同じ体を分け合って生きていくのだ。同居人は明るいほうがいい。

『……くわしき吾妹《わぎも》。やはり、おまえは、おまえなのだね』

幸福を嚙《か》み締めるような口調に、環は苦笑した。環もまたその呼ばれ方には慣れない。それは彼の大事な人の名前だ。

「わたしはわたしです」と言うと、彼はしっかりと頷《うなず》く口調で肯定した。

『ああ、そうだ』

それから彼は、『少し体を借りてもいいだろうか』と控え目に申し出た。

「何をするん？」

『おまえの住むこの地に祝福を与えたい。今の俺では、たいした力にはならないが』

「ええよ。どうぞ」

ためらわなかった。頷くと、体の感覚がすっと遠のく。まるで、「体」という箱の中に意識が閉じ込められたような感覚だ。

環の意思とは関係なく右手が上がる。掬《すく》うように持ち上げた指先に、浦彦はふっと息を吐きかけた。黄金色の炎がふわっと空に立ちのぼり、パッとはじけて四散していく。美しい光景だった。

「……きれい」

呟《つぶや》いた言葉が声になり、体の主導権が再び自分の意識下に戻ってきたことに気付く。

『ありがとう』と環の中の男神は言った。やさしく穏やかで、愛情深い声だった。

『おまえのいるこの土地に、もっともっと、祝福をもたらせたらと思う』

環は微笑《ほほえ》んで、「十分です」と返した。

神社前の階段を降り、小さな小川を渡った三之鳥居のすぐ横に、環の家は建っている。屋根付きの門をくぐり、純和風の庭を横切った。

『おまえの家か？』

（そう）

「ただいまー」

言いながら引き戸を開けようとしたら、内側から戸が開いた。すぐ向こうに立っていた母がぱちりと目を瞬いて、「あら、おかえり」と言う。制服姿で框《かまち》に腰掛け、スニーカーを履《は》いていた妹も目を丸くして、「おかえりー」と言ってくれた。

「遅かったね。すぐに着替えて出んと学校に遅れるよ」

「ごめん。お祭りのあいだに突風に吹かれて、気を失ってしもうて……。おばあちゃんたちもなんじゃけど」

環の言葉に、母は目を丸くし、眉《まゆ》をひそめた。

「気を失ったって、大丈夫なん？」

「今は平気。でも、ちょっと寝てから病院行くわ。今日も学校休みたいんじゃけど、電話してもらってええ？」

「わかった、電話しとく。おばあちゃんもおばちゃんもおるけェ大丈夫じゃね？」

「うん」と頷いた。心配してくれないわけではないけれど、深く気に掛けられているわけでもない。いつものことだ。母にとっては、ぼんやりした環より、勉強のできる姉や、愛想のいい妹のほうがわかりやすく接しやすい。ただ、それだけのことで。

「ちゃんと病院行かんといけんよ。じゃあ、いってきます」

「いってきまーす！」

「いってらっしゃい」

慌ただしく出ていく二人を見送った。

『母と妹か？』

浦彦がきいてくる。環は引き戸を閉じながら、「そうです」と短く答えた。草履《ぞうり》を脱いで、家に上がる。

『可憐《かれん》な妹だ』

ありがちな感想だった。このヒトも男だもんなぁと思う。だいたい、日本の神様って美女が好きだと相場が決まっている。大山祇神《おおやまつみのかみ》の娘を娶《めと》るとき、美しい妹の木花咲耶《このはなさくや》姫だけ嫁にもらって、ブスな姉の石長《いわなが》姫はのし付けて返しちゃった瓊瓊杵尊《ににぎのみこと》とか……。

環自身も慣れっこなので、「でしょ？」とあっさり微笑んだ。

「あと、わたしの上に姉がいます。おねえちゃんとわたしは、おかあさん似のモブ顔だけど、おねえちゃんはおかあさんに似て、すっごく頭がいいんです。京都の大学に行っちゃって、今はいません。あとはおばあちゃんと、由希子おばちゃんが一緒に住んでます。おじいちゃんはだいぶ前に亡くなって、おとうさんは元々いません」

そういえば、大叔母《おおおば》はあれからどうしたのだろう。奥の自室にいるのだろうか。

二人で会うのは気まずいなと思ったけれど、のぞいてみた台所に姿はなかった。母の配《はい》慮《りょ》か、暖房が入ったままになっていて、あたたかさにほっとする。これも母が用意してくれたのか、テーブルの上に冷めたトーストとコーヒーが置かれていた。そういえば、もうまるまる十二時間以上、何も口にしていない。

「おなか空いた……」

眠たい。お風呂にも入りたい。でも、なにもかもが面倒くさいと感じながら、風呂に湯を張る用意をし、自分の部屋からスマートフォンと着替えを取ってきた。

しん、と静かなテーブルで、スマホ片手に質素な朝食をとる。学校の友達に、もう一日休むと連絡を入れた。具合が悪いと書いたせいで、「お大事に」と心配そうな返事をもらった。

『……あたりまえだが、ずいぶん生活が変わったな。まるで別世界だ。俺が知ってるもののほうが少ない』

環の目を通して、家の中を見ていたのだろう。静かだと思ったら、浦彦はそんな感想を口にした。環にとっては浦彦の存在こそ非日常だけれど、彼は彼で、いきなり見知らぬ異世界に引っ張り出された気分なのかもしれない。

「神様も大変ですね」

『まったくだ』

ふっと笑うと、浦彦も小さく笑う。

ピピピ……と、風呂の湯沸かし器が鳴った。湯が溜まったのだ。着替えを取り上げて、ふと気付いた。

「……あの、今からお風呂入りたいんですけど」

『うん』

「じゃなくて。……見えてますよね？」

『まあな』

それが？　と言わんばかりの返事にため息が出る。そういえば、彼が玉依と生活を共にしたのは、性的にもずいぶんおおらかな時代のようだった。根本的な価値観からして違うのかもしれない。

「すみません。見ないでほしいんですけど」

『何を？』

「何をって……だから、お風呂に入ってるところです！」

ここまでくると、わかっていてきいている。意地悪だ。思わずむきになると、浦彦はおかしそうに声を立てて笑った。

『夫婦なのに、今更だと思わないか？』

「思いません！　っていうか、日本の法律上は、わたしはまだ嫁入り前の独身です！」

『別の男に嫁《とつ》ぐつもりか？　俺の大事な奥さんが？』

浦彦の声がぐっと低くなり、環は彼の逆鱗《げきりん》に触れたことを知った。冷や汗が出る。

「……そんな相手、いませんけど……。でも、実際、あなたがわたしと結婚するのは、現実的には無理でしょ？」

『だからといって、おまえを他の男にくれてやるつもりもない。おまえは俺のものだ』

剝《む》き出しの嫉妬《しっと》と独占欲に目眩《めまい》がした。これが、本当に環の好きな人で、環自身を好きになってくれた人だったら嬉しいのかもしれないけど。でも、だからこそ、言わずにいられない。

「……わたしのこと、好きなわけでもないくせに」

『好きだと言っているだろう』

「わたしが玉依姫の生まれ変わりだからでしょう?」

『それの何がいけない?　俺が、俺の奥さんを愛しているというだけだ』

「全っ然、わかってない……!」

身代わりも、立場や役割で選ばれるのも、環はごめんだ。でも、そんなドロドロした卑《ひ》屈《くつ》な人間の気持ちなんて、浦彦にはわからなくてもしかたないのかもしれない。なにせ、神様なのだから。

案《あん》の定《じょう》、浦彦には環の怒りがわからないらしく、困ったように呟いた。

『おまえは難しい。もっときちんと言葉にしてくれないとわからない。おまえは、俺にどうしてほしい?』

環は風呂の戸を開けながらきっぱりと言った。

「目を瞑《つぶ》って、わたしがいいって言うまで開けないでください」

浦彦は神妙な声で、『わかった』と答えた。

風呂から上がると、もう限界だった。寝間着《ねまき》代わりのTシャツとジャージを着て、二階の自室に上がる。ベッドに倒れ伏した。睡魔がもうそこまで来ている。最後の気力でアラームをセットし、とろとろと眠りに落ちかけた。そのとき。

『……あの男が、おまえの好きな男か？』

頭の中で、物騒な声がした。億劫《おっくう》でも、返事をしなければいけないと思わされるような低い声だ。

なんとか返事を喉《のど》から押し出す。

「……あの男？」

『壁に描いているだろう』

（壁？）

壁……。絵なんか描いた覚えはない。

重たい目蓋《まぶた》を開け、ああ、と思った。二・五次元ミュージカルのポスターだ。真ん中に大きく映っているのは、赤地に金の装飾のド派手な衣装を着た、環の推し俳優だった。さっき、浦彦がコスプレしていたやつ。

「なんだ、脩平《しゅうへい》のこと」

舞台俳優を好きなのかだなんて、ばかなことをきく。二・五次元舞台は実在するファンタジーだ。手の届かない、非現実のキャラクターが、舞台のあいだだけこの世に現れる。その魔法みたいな時間がいいのだ。原作小説もアニメや舞台のＤＶＤもすべて揃《そろ》えているほど大好きだし、大阪で舞台があるときには、財布《さいふ》事情と相談の上で遠征したりもするけれど、本気で恋をしているのかと言われたら首を横に振らざるをえない。舞台の上はあくまでこの世の異世界だ。

だが、浦彦の声は深刻そうだった。

『具現化するとき、おまえの意識から好みの格好を探ったら、あの格好だった』

「っ⁉」

思わず噴き出した。眠気も吹き飛ぶインパクトだ。

「ちょっと待って。それじゃ、あんなコスプレしてたのは、わたしのせい？」

『俺は少しでもおまえの好みに合わせようと思っただけだ』

浦彦は憮然《ぶぜん》としている。

環は枕に突っ伏した。中二病のせいで神様を呼び起こし、オタクなせいで神様にコスプレをさせたのかと思ったらいたたまれなかった。もう、「ごめんなさい」としか言いようがない。

「すみません。そんなことは望んでなかったんです……」

勝手にダメージを受けている環に、浦彦は詰問《きつもん》した。

『それで？　おまえはあの男が好きなのか？』

真剣な声だった。「そうだ」と答えたら、脩平に果たし状でも叩き付けに行きそうだ。

出会ってから何度目かの愛を感じた。彼が彼の妻に――玉依姫に注ぐ愛。その気持ちを環に向けるのは、やっぱり違うと思うのだけれど。

「……ファンなだけ。眺めてるだけです。会ったこともない」

睡魔に誘われ、目を閉じながら教えてあげた。

「彼氏も、好きな人もいません。……わたしを好きになってくれる人も」

『……』

何かもの言いたげな気配を感じた。だけど、それ以上は意識を保っていられなくて、会話はそこで途切れてしまった。

3．環

夢を見た。

炉《ろ》の上では炎がゆらめき、足元からは真っ赤に焼けた泥が流れ出す。その異様な光景を、郷《さと》の人々は畏怖《いふ》の表情で遠巻きに見守っていた。

玉依《たまより》を妻に迎え、麻生《あそう》の郷に根を下ろした浦彦《うらひこ》は、あるとき臣下の者たちと山に向かい、郷に戻るなり、炭と粘土を所望《しよもう》した。

「この地でもっともよく燃える炭と、もっとも粘りのよい土をくれ」

浜人《はまひと》がそれらを差し出すと、彼らは粘土で人の背丈ほどの炉を作った。その中に、炭と黒砂を交互に入れ、浦彦が火を点ける。三日三晩、手動のふいごで風を送り続け、炭と黒砂を入れて火を焚《た》き続けた四日目。炉からは黄金の炎が噴き上がり、足元からは炎の泥が流れ出てきたのだった。

「……何をなさっているのです？」

　玉依がたずねると、夫神はすらりと腰の大太刀《おおたち》を抜いた。炎をまとったその大太刀を、指の背で叩いてみせる。カァンと澄んだ音と共に火の粉が散り、ふわりと空に舞って消えた。

「鉄《まかね》という。この郷にはまだあるまい？」

「ございません」

　儀式に用いる鐘や鐸《さなき》は郷にもあるが、それらはすべて青銅製《からかね》だ。初めて見る、冷たく黒い光を放つ金属の肌を、玉依は魅入《みい》られたように見つめた。

「青銅より強く丈夫で、いろいろなものに加工できる。この土地にはよい黒砂と土と炭と水がある。よい鉄ができるだろう」

　そう語る浦彦の言葉が炉に降り注ぎ、ごうごうと火の勢いを増す。夫神の言霊《ことだま》の力を目《ま》の当たりにして、玉依は深く敬虔《けいけん》に頭《こうべ》を垂れた。

「鍬《くわ》や鋤《すき》を作って畑を耕すにも、鐘や鐸を作ってよその国々に売るにも役立つだろう。大太刀や槍、鏃《やじり》を作れば国が強くなる。吉備《きび》はますます栄えるのだよ」

　力強い神の予祝《よしゅく》は、まるで火の粉のようにきらきらと光を放った。

「大神様の御心のままになりますように」

　心から、そう祈る。

大神は莞爾《かんじ》と頷《うなず》いた。

❖

これで何度目だろう。朝から、昼食を挟んで五時間目。そろそろ浦彦はおとなしくしているのも限界のようだった。

（まだです）

『まだ？』

『「化学」と「数学」は興味深かった。世の中の仕組みを、おまえたちはああいうふうに理解しているのかと驚いた。「音楽」も悪くはなかった。今の歌もなかなかいい。「英語」は初めて聞いたが、異国の言葉を学ぶ意義はわかる。しかし、「国語」はわからないな。言葉は通じればいいのではないか？　ここにいる全員読み書きまでできるのに、この上何を学ぶのだ？』

ただでさえ集中力の切れる午後の授業。とくに勉強好きなわけでもないのに、頭の中でぐちぐちそんなことを言われるのだから、鬱陶《うっとう》しいことこの上ない。

ぐりぐりとノートに落書きをしながら言い返した。

（そんなこと言ったって、大学に行くには勉強が必要なんだからしょうがねェじゃろ）

『大学？』

（高校の上）

『まだ勉強するつもりなのか！』

（うるさいなぁ。今はそれが普通なの）

『そんなに勉強して、おまえは何になりたいんだ？』

存外真面目《まじめ》な口調でたずねられ、答えに詰まった。いきなり進路指導の先生みたいなこと、言わないでほしい。

（え？）

黙り込んでうつむいた環《たまき》の視界を通し、落書きを見た浦彦が『うまいな』と言う。

『それは俺か？』

手癖《てくせ》で描いていたのは、深夜アニメのキャラクターだった。浦彦が現れたときに着ていた深紅の衣装の本家本元。

『おまえは画家になるのか？』

（冗談じゃろ）

ちょっと絵が好きなくらいで、絵を描いて食べていけるなら苦労しない。あいにく、そんな特別な才能は持ち合わせていないのだ。

やりたいことなんてない。そこそこ真剣にやったところで姉のように勉強ができるわけでもないし、妹みたいに美貌《びぼう》と愛嬌《あいきょう》を武器に生きていける自信もない。ただ、学生は真面目に勉強すべきで、今時大学くらいは出ておいたほうがいい……そういう雰囲気《ふんいき》に乗っかっているだけだ。浦彦と話していると空《から》っぽな自分を痛感する。

なのに、当の神様は、環の複雑な気分などまったくわかってくれないのだった。

『十六にもなるのに、目的もなく、畑も耕さず、狩りにも行かず……。このやくたいもない「勉強」は、本当におまえたちを豊かにしてくれるのか？』

とうとう我慢できなくなり、ヒソヒソ声で脅《おど》しつけた。

「うるっさい！　追い出されたくなかったら黙ってて！」

それが癇《かん》に障《さわ》ったらしい。しばらくウンともスンとも言わなくなっていたけれど、放課後、環が弓道場《きゆうどうじよう》に入ったところで、興味を惹《ひ》かれたような気配があった。ちょうど壁を隔《へだ》てた隣の部屋で姉妹が寝起きしている気配が伝わってくるような感じだ。あ、起きたな、と思った。あいかわらず、話しかけてはこなかったけど。

代わりに部活の友達が環を見つけて声をかけてくれた。

「あっ、環！」

「あ、ほんとだ。もう大丈夫なん？」

「うん。お祭りの最中に突風食らって気ィ失っちゃってさー」

「えええっ。ちょっと、マジ大丈夫なん⁉」

たわいない会話にうれしくなった。この二日ほど、意識も生活も神話の世界に浸食されていたので、こんなことに泣きたいくらいホッとする。

「念のために病院行ったけど問題ないって。二日も休んじゃってごめんねー」

友達としゃべりながら着替え、弓の用意をする。弓矢を手に射場《いば》に出ると、浦彦がうなった。

『弓をするのか』

女だてらに、というニュアンスだ。

（あなたの時代には、狩りは男の仕事でしたもんね）

時代が違うのよ、と言外ににおわせる。

環の順番が回ってきた。的前《まとまえ》に立ち、心を落ち着ける。足元、からだのバランスを整えながら弓を構え、打ち起こす。ゆっくりと引き分け、的を見つめる。

心がしん、としずかになった。浦彦も黙っている。呼吸にのせて放った矢は、的の中心を射貫《いぬ》いた。余韻《よいん》を確かめ、ゆっくりと姿勢を元に戻す。

『素晴らしいな……！』

素直な賞賛が内から響いた。

『素晴らしい！　俺の奥さんは最高だ！』

「……っ」

思わず噴き出してしまった。友人たちが奇異なものを見る目でこちらを見る。

「環、何笑っとん？」

「んーん」とごまかす。寄ってきた同級生たちはかしましく言い立てた。

「すげーなー。二日休んだくらいじゃ、全然、衰えもせんねー」

「ねー。来年もインハイ楽しみじゃなー」

あっと思ったが遅かった。二年の先輩から厳しい視線が飛んできて、いっせいに口をつぐむ。

他の運動部ほどではないけれど、弓道部にも普通に年功序列はあって、今年、一年生でありながら部で唯一個人でインターハイまで出場した環は、二年生たちからあまりよく思われていなかった。

順番待ちの列の最後に並びながら、

『なんで、弓をしようと思った？』

浦彦の質問に胸の内で答える。

（家が弓道場をやってるから。巫女《みこ》と一緒。うちの家業なんです）

そして、麻生の家では、弓道をするのもやはり代々女の仕事なのだった。理由など知らない。ただ、そういうものなのだ。巫女と同じで。

おかげで、祖母は範士《はんし》、大叔母《おおおば》は教士《きょうし》、あの現実主義者で道場にほとんど姿を見せない母ですら四段だし、まんまと家から逃げ出した姉も有段者、おしゃれにしか興味がない妹ですら形ばかりはやらされている。そういう環境で育った環は、やはり弓道部でも少し浮いた存在なのだった。

だからといって、とくに反発があるわけではない。十二歳、弓をやっと持てる身長になったとたんにやらされたけれど、弓道自体は好きだった。

弓道場のピンと張り詰めた空気。いつも顔が映るほどぴかぴかに磨《みが》き上げられた床。的場を渡る風。的前に立つときの、心がしんと静かになる感覚――。

大叔母のあとを継いで巫女になり、いずれ、祖母のあとを継いで弓を教えて生きていく。環が選んだわけではなく、ただ家の事情で、いつのまにか人生の道筋が決まっている。それをつまらないと思わなくもない。姉のように、誰をも黙らせる優秀な頭脳があれば、それを武器に家を飛び出す準備をしていただろう。妹のように誰とでもすぐに打ち解けられる愛嬌と美貌をもっていても、やはりそうしていたかもしれない。

けれども、環には、弓を除けばただ真面目なこと、おとなしく自分を主張しないこと、他人に迷惑をかけないことくらいしか取り柄がなく、ついでに言えば家を飛び出してまで叶えたい夢があるわけでもなかった。

家業を継ぎ、いずれ家業を助けてくれる人と結婚して、平穏に生きていく。平凡な自分に似合いの、人並みだけれど穏やかな人生を送るのだろうと思っていた。二日前、浦彦が現れるまでは――。

（これからどうなるんじゃろ）

部活を終え、家に向かって自転車をこぎながら、ぼんやりと考えた。一日、何を見ても、何をしてもうるさく騒ぐ浦彦につきあっていたせいで、すっかり消耗《しょうもう》してしまっている。部活後の寄り道も今日は断って、まっすぐに家に帰っているところだった。

『どうなるとは？』

悩みの元にたずねられ、失笑した。この嫉妬《しっと》深い神様を体の内側に抱えたまま、「人並み」の人生が送れるとはとても思えない。なにしろ、夢小説を読んでいても、『浮気か！』などと怒り出すヒトなのだ。だが、そもそもこの神様が、一生このまま環の中にいるつもりなのかもわからなかった。

（あなたがこれからどうしたいんか、きいてなかったですよね）

環がそう切り出すと、彼は『そうだな』と相槌《あいづち》を打った。

（昨日は吉備の国が豊かであればいいみたいなことを言ってましたけど、何か具体的にやりたいことはないんですか？）

そして、目的を果たしたら体から出て行ってくれるんですか——とは、さすがにきけなかった。そこまで怖いもの知らずではない。

（たとえば、吉備津神社に行きたいとか）

そう環が提案すると、浦彦はふっと笑った。

『今はいい。まだ無理だ』

（でも、あなたのお宮でしょう）

『大吉備津彦のね』

（だから、あなたでしょ？）

『でも、今はまだ無理なんだ』

説明をはぐらかし、浦彦は、『だがいつか、一緒に行こう』と言った。まるで、はるかな異郷の目的地を目指しているかのように、確固とした意思の宿る声で。

（いいですよ。約束）

『ああ。約束だ』

それから浦彦はしばらく何かを考えていたけれど、家にたどり着く頃になって、『ひとつ、頼みたいことがある』と切り出した。

(何ですか?)

『夜、おまえが眠っているあいだだけ、おまえの体を俺に貸してくれないか』

(えーと……)

「貸す」ってなんだろうと思う。今だって貸しているみたいなものじゃないのか。

(それ、つまり、わたしが寝てるあいだに、あなたが好き勝手にわたしの体を使うってことですか?)

『そうだな。だが、おまえの体を傷めたり、疲れを残したりするようなことはしない。約束する。どうだ?』

(えー……)

いやだな、と思った。それはもう本能みたいなものだ。自分の知らないところで自分の体が勝手に動かされてるって、想像するだけで恐怖だ。怖すぎる。

(やだ。わたしが代わりにやるんじゃだめなんですか?)

『無理だと思う。おまえでは危ない』

危ないって、他人の体に何をさせるつもりなんだと思う。ますます「どうぞ」とは言えなくなった。

（やっぱ、だめじゃわ。無理）

『頼む。おまえにしか頼めない』

浦彦が切羽詰《せっぱつ》まった声を出す。音はないのだけれど、そう感じ取れる雰囲気《ふんいき》だった。

念のため、きいてみた。

（わたしの体を使って何をするつもりなんですか？）

『探しものがあるんだ』

（何を探すん？）

『秘密』

（あ、そう。じゃあ、やっぱダメ）

『待ってくれ！』

浦彦は慌てて続けた。

『うまくいったら、おまえの体から出て行ってやれるかもしれない』

「えっ、ほんとに？」

つい反応してしまった。「さっさと出ていってほしい」と言っているも同然だが、浦彦は気にした様子はない。真面目《まじめ》な声で『ああ』と肯定した。

（うーん……）

環は考えた。

体を勝手に使われるのは怖い。正直いやだけれど、でも、断ったら浦彦はこのままずっと環の中に居座るかもしれない。それはそれでいやだった。この体は環のものだ。他に方法がないと言うから緊急避難的に受け入れたけど、やっぱりいずれは出ていってもらわないと困る。たとえば、好きな人ができたときとか、結婚するときとか。

悩んだ末に、環はしぶしぶと了承した。

（わかりました）

『ありがとう、恩に着る！　いい奥さんをもって俺はしあわせだ！』

ものすごい喜びようだった。後半はスルーだ。もう、これはこれで、こういうリップサービスなんだなと思うくらいでいいような気がする。それよりも。

（犯罪はダメです）

『しないと言っているだろう』

（人様に迷惑をかけるのもダメです。もちろん、わたしにも。迷惑かけられたら出てってもらいます）

『わかっている。本当に、おまえは俺をなんだと思っているんだ』

環の念押しに、浦彦はおかしそうに笑った。ほがらかに。

悪いヒトじゃないんだよなぁと思う。神様に向かって失礼かもしれないけど。でも、日本の神様って怖い人もいるし。このヒトだって、やっぱり時々ちょっと怖い。

でも、そうでないときの彼はおおらかで、奥さんも、彼の守っていた国も、その人々も大切にしているのが伝わってくる。その彼が、環に――仮にも「奥さん」に、迷惑をかけない、体を傷めることもしないと言うのだから信じていいのだろうと思った。――このときは。

「わかりました。わたしの体、使ってください」

『ありがとう。理解のあるやさしい奥さんで、俺はしあわせだ』

「だから、そういうのいらないですって」

環のあきれ声を、自転車の風がかき消した。

❖

夢を見た。

黄金色の穂が揺れていた。

子供の背丈をゆうに超える黍畑《きびばたけ》の中から、愛《いと》しい幼子の声がする。

「母様、こちら！」

「ここだよ。ここ！」

「どこかしら？　見つからないわねぇ」

子供たちのかくれんぼにつきあいながら、玉依はゆるやかな坂の上から吉備の大地を見渡した。

丘陵地《きゅうりょうち》を覆《おお》う緑と黄金の黍畑。山沿いから海辺まで、川のそばには一面の稲田が広がる。もうすぐ黍の刈り入れ時だ。それが終わる頃には稲穂も黄金色に色づくだろう。

もとより豊かな吉備の土地は、数年前、浦彦を迎えてより豊かになった。田畑には男神《おがみ》の祝福がゆきわたり、彼がもたらした製鉄の技術は国を強くした。山際のたたら場からは、今ももうもうと煙が立ち上っている。

「母様、母様！　父様だよ！」

「父様！」

「父様が帰ってきた！」

子供たちの声に振り返ると、丘の下から夫神が登ってくるところだった。すぐに駆け寄っていった上の息子の頭を抱き寄せ、下の娘を片腕に抱いて、彼は玉依のところまで登ってくる。

大きな下げ美豆良《みずら》がよく似合う黒髪の美丈夫《びじょうふ》を、玉依は愛《いと》しく見上げた。

「くわしき吾妹《わぎも》。今帰った」

「おかえりなさいませ。いとこ兄吾《せ》が兄《せ》」

「出歩いていて大丈夫なのか？」

大きく膨《ふく》らんだ腹を心配そうに見つめられ、玉依は微笑《ほほえ》んだ。

「浦彦様の御子ですもの。ご心配には及びません」

かつて大舟でこの地に下り立った客人神《まろうどがみ》は、今や、押しも押されもしない吉備の支配者だった。気さくな気性ゆえに、麻生の人々からはあいかわらず「浦彦」の名で親しまれているが、昨年、玉依の父から「吉備津彦《きびつひこ》」の名を受け継ぎ、吉備の中山《なかやま》に高殿を設けて居を移した。いくつもの郷が集まってできていた吉備の国を交渉によってまとめあげ、今では畏敬《いけい》の念を込めて「大吉備津彦」と呼ばれている。

丘の上で夫に寄り添い、郷中を見晴るかして、玉依は呟《つぶや》いた。

「豊かな国でありますこと」

「さらに豊かな国になる」

としていた。

慈愛《じあい》に満ちた国津神《くにつかみ》に見守られ、真金吹く吉備の国は、今まさに黄金の時代を迎えようとしていた。

浦彦の言霊《ことだま》に、田畑の穂がいっせいにざわめいた。

❖

目覚めると自室のベッドに一人だった。

冬の朝の空気が冷たい。たった今まで、隣には愛しい夫のぬくもりがあったのに……。

さざなみのようなさみしさにぎゅっと体を縮こめて、我に返る。

（……最悪）

朝っぱらから他人の壮大な惚気《のろけ》を聞かされた気分だった。

「他人」というのが正しいのかはわからない。浦彦が現れてから見るようになった、一連のなまなましい神代の夢は玉依姫の記憶なのだと思う。環の魂に刻まれた、古い古い、幸福の記憶。

（でも、あれはわたしじゃない）

かたくなな気分でそう思った。環は玉依ではないし、玉依を愛した浦彦は彼女の夫で、けっして環のものではない。浦彦は同一視したがるし、環にもそれを求めてくるが、少なくとも環の認識では別人なのだ。

「……」

環はベッドの上で身を起こし、重いため息をついた。自分でもなぜこれほど不快に感じるのか、よくわからなかった。それが余計に環の神経をザラつかせる。

がりがりと頭を掻《か》く。背中まである長い髪が鬱陶《うっとう》しかった。長い髪は霊的な存在を依らせるよすがになる。古い迷信を信じる祖母に強《し》いられ、環たち姉妹は幼い頃からずっと髪を伸ばしてきた。特に環は巫女になることが決まってから、長さを揃《そろ》える程度にしか切らしてもらえていない。でも、そのせいでこんな思いをすることになっているなら――髪を切ることで浦彦に出ていってもらえるなら、いっそ切り落としてしまいたかった。衝動的に鋏《はさみ》を手に取る。

と、浦彦が声をかけてきた。

『おはよう。いやな夢でも見たか？』

いらつかせている本人に、暗に機嫌が悪いと指摘され、ため息をつく。自分だけ思い詰めているのがばからしくなって、手にしていた鋏を置いた。ストレスが限界に近いような気がする。

「また誰かさんの新婚時代を見せられてたんです。おかげで、彼氏もいたことないのに子持ちの気分」

八つ当たり気味な環の物言いを、浦彦は軽くあしらった。

『そんなに嫉妬《しっと》しなくても。おまえだぞ？』

「妬《や》いてませんし、あれはわたしでもありません。そんなこと言って、奥さんに失礼じゃと思わないの？」

何度言ってもわかってもらえないもどかしさが、環をさらに苛立《いらだ》たせる。

ベッドから下りて、着替えようと制服に手を伸ばし、ギョッとした。

「何これ……っ⁉」

指先が黒く汚れている。昨夜寝る前はこんなことはなかった。慌てて両手を広げ、ひっくり返し、ぞっとした。十指《じっし》の爪には黒い土が入り込み、手のひらもうっすらと黒ずんでいる。

「あんた、いったいどこで何してきたん！」

泣きそうな気分で自分を見下ろした。パジャマ代わりのジャージは泥にまみれ、今まで寝ていたベッドのシーツまで汚れている。耐えられず、自分の体を抱き締めてしゃがみ込んだ。

「もういや……」

怖かった。改めて、自分の体に得体の知れないものが入り込んでいるのだと思い知った。自分はもう人間《ひと》であって人間でなくなりつつあるのだ。それを痛感させられた。

浦彦に夜のあいだ体を貸すと約束して数日。今までだって、体を使われていると感じる瞬間はあった。寝る前と靴《くつ》の置き場所が変わっていたり、どこかの店で買ったらしい物が増えていたり……小さな違和感は見て見ぬ振りした。それでも、浦彦が言うように、疲れたり傷が付いていたりすることはなかったから、気を遣ってくれているのだと信じていたのに。

「もういやじゃ……！」

爆発的な恐怖と孤独に環は呑《の》み込まれた。

浦彦は神様だけど、けっして穏やかなだけではない。人間の言葉を解するけれど、人間とは決定的に違うモノなのだ。幼い頃、悪夢で環を追い回し、さらって食べた赤鬼を思い出した。怖い。こわい……。

顔を覆って泣き出してしまった環に、浦彦はうろたえたようだった。

『すまない、驚かせた。悪かった。泣かないでくれ』

慌てているのが伝わってくる。その様子は今まで環が抱いていた、明るく自信にあふれた浦彦のままだった。少しだけホッとする。

「ねえ。何やったらこんなことになるん……？」

答えをきくのが怖いけれど、きかずにはいられない。浦彦は、『すまない』と繰り返した。

『本当に、探しものをしているだけだ』

「探しものって何？　こんなドロドロになるって土を掘ったんじゃろ？　夜中に？　どこを？　もしかして素手で？　一人でやったん？　誰かに見られたり、襲われたりしたらどうするん⁉」

真夜中に、暗闇の中、土を素手で掘り返している自分の姿が目に浮かび、再び目から涙があふれた。

「大丈夫だって、わたしにも他の人にも迷惑をかけんて言うから、体を貸すって言ったんじゃ……！」

言っているうちに感情がたかぶって、わぁわぁ声を上げて泣き出してしまった。

『すまない。悪かった。許してくれ。大丈夫だ。風呂の習慣があまりなかったから、汚れを落とすのを忘れていただけだ。おまえは俺の大事な人だ。傷つけたりしない、絶対に。約束する』

慌てふためき、言いつのる浦彦の声を聞きながら、環はしばらく泣き続けた。

思えば、浦彦が現れてから、ずっと無理をしていたような気がする。自業自得《じごうじとく》とはいえ、いきなり神話時代の神様に押しかけられて、一方的に「嫁」と呼ばれ、自分の体に居座られ、夜には体を乗っ取られ――これで、何もなかったように生活しているほうがよっぽどおかしい。

「もうやだ……、ほんとに、もうやだ……っ」

浦彦の登場から今まで、もしかしたら全部自分の妄想かもとか、もしかして自分がおかしくなったのかもとか、何度も何度も思っては、そのたびに現実を突きつけられた。挙げ句の果てにこの仕打ちだ。何もかも全部おまえの妄想だったのだと言われるほうがまだマシだった。現実のほうが環の妄想よりずっとファンタジーで、しかも怖い。

「環、どうしたん？　入るよ」

とうとう泣き声を聞きつけて、母親がやってきた。もう既にメイクも終えて、あとは出勤するだけの格好だ。

「ちょっと、環、どうしたん⁉」

全身ドロドロの格好で泣き濡れた環の顔を見て、母は動転したようだった。そりゃそうだろうなと頭の片隅で思う。寝間着《ねまき》も指も泥にまみれて号泣している娘なんて尋常《じんじょう》じゃない。

幼い頃から、環はひたすら空気を読む子供だった。頭はいいけれど気の強い姉と、かわいいけれどわがまま放題の妹。二人に挟まれ、そうならざるを得なかったのだ。目立ちはしないが、母に迷惑をかけることもない、色々とうるさい家をうとましがらず、手伝いをするのが唯一の取り柄。喜んだり笑ったりはするものの、泣いたり怒ったりといったネガティブな感情表現もめったにしない。そんな環だったから、こんなふうに大声をあげて泣いたのなんて、環自身も記憶になかった。

「おかあさん……」

現実主義者の母に説明したところで、どうせ信じてもらえない。反射的にそう思ったけれど、たぶん、母を見上げる自分の顔は、母に助けを求めていた。

「環……」

母が困った顔をする。

（あ、だめだ）

失敗したと思った。母の現実主義は徹底している。神社と家としきたりを大事にする祖母に猛反発し、一人娘にもかかわらず、環たちの父親と結婚していたあいだは実家を出ていた。離婚と共に実家に帰ってからも、経済的に家を支えることはしても、神社の仕事は一貫して手伝わない。そういう人だから、姉から回ってきた巫女の座に諾々《だくだく》とついた環のことも理解できないと思っているふしがあった。嫌われているわけではないと思う……思いたい。でも、愛されている自信もない。少なくとも、姉や妹ほどには。

どうしよう。この状況、なんて説明したらいいんだろう。

内心うろたえたけれど、母は黙って部屋に入ってくると、環をぎゅっと抱き締めてくれた。

「……おかあさん」

びっくりした。絶対鬱陶しがられると思っていたから。

体を離すと、母はやっぱりちょっと困った顔で、環の顔をのぞき込んだ。

「環、こないだからちょっとおかしいね。お祭りの日から。何かあったん？」

思わず目を瞠《みは》った。まさか、そこまでわかってくれているとは思わなかった。

環の反応に、母ははっきり苦笑の表情になった。

「なぁに、その顔。おかあさんが、環の心配をしたらおかしい？」

「……ううん」

首を横に振る。母が一人称に「おかあさん」を使うのをひさしぶりに聞いた気がした。くすぐったい気持ちもあるけれど、ほっとする。自分は子供なんだなと感じた。高校に入って、巫女になることが決まって、なんだか子供時代は終わったような気分になっていたけれど。

「環、外にいたの？　汚れてる」

母の質問に、「うん」と答えた。言い訳は、考えるまでもなくすらっと出てきた。

「ちょっと探しものしてて。でも、見つからなくってショックで……」

嘘も方便。正直に話していやな顔をされるより、このほうがずっといい。

母はあきれた顔になった。

「それで泣いてたん？　あんな大声で？」

「ごめんなさい」

「ええけど、何を探してたん」

「ええと、……」

「言えないん？」と言った母の顔は、怒ってはいなかった。おずおずと頷《うなず》いた環の頭をポンと撫《な》でる。

「そっか。まあ、十六にもなったら、親に言えないこともあるじゃろね」

さっぱりと言い、立ち上がる。

「でも、気がすんだなら、そろそろ着替えて準備しなさい。学校に遅れるよ」

「あっ。あの……」

「何？」

呼び止めると、母は襖《ふすま》のところで振り返った。

「今日、学校休んじゃだめ……？」

「なんで」

と言われると、答えようがない。こんなぐちゃぐちゃの気分で学校なんて行きたくないけれど、説明のしようがなかった。

また黙り込んだ環に、母はひとつため息をついた。

「あんた、こないだも二日休んだけど、勉強大丈夫なん？」

「……うん」

正直、「大丈夫です」と胸を張れる成績でもないのだが、こんな気分で登校したところで、まともに授業を受けられる気がしない。

母はもうひとつ大きなため息をついた。

「念のためにきいとくけど、不登校じゃないんよね？　いじめにあってるとかでもない？」

「うん。それは、全然」

「わかった。学校に連絡しとく。明日はちゃんと行きなさいよ」

「……うん」

環はまた驚いた。母がこんなふうに理解を示してくれるとは思わなかった。

母はやっぱり苦笑して、「じゃあ、おかあさん仕事行くね」と言って、部屋を出て行った。

『……よかったな』

会話のあいだ、ずっと黙ってくれていた浦彦がぽつりと言う。「まあね」と頷いた。学校を休んだからって、何も解決はしていないわけだけど。

それでも、泣きたいだけ泣いて、母に甘えた今は、気持ちも少し落ち着いていた。自分の格好をなるべく見ないようにしながら、ベッドと布団からシーツをはがし、それらを抱えて風呂へ向かう。

まずは、何よりもこの気味の悪い泥を落としてしまいたかった。それから、せっかくだからお気に入りの小説でも読んで――夢小説はもう諦めた――もうちょっと寝よう。浦彦との話はそれからでも遅くない。

なんたって、彼は環の中にいるのだから、逃げられるはずもないのだった。

夢も見ずに深く眠って、再び目覚めると、昼過ぎになっていた。しっかり眠ったからか、気持ちはずいぶん平らかになっていた。おなかが空いたなと思いながら階下へ下りる。

台所に入ると、一人でテーブルについていた大叔母《おおおば》が、ぎくりとした顔でこちらを見た。ちょうど昼食を食べ終わったところらしい。由希子《ゆきこ》は、環の顔を見ると、お昼の情報番組を流していたテレビを消し、そそくさと台所から出て行った。

「避けられとるなぁ……」

冷やご飯でお茶漬けを食べながら呟《つぶや》く。

『おそらく、本能的に怖いんだろう。なんとなく、人でないものの気配がわかるという程度だと思うが。先代の巫女だから』

浦彦の言葉には、納得できるところとできないところが半々だった。浦彦のことが本能的に怖いというのはわかる。内側に迎え入れてしまったので、なんとなく慣れてはきたけれど、環もやっぱり今でもそうだ。なにより今朝、それで大泣きしたばかりである。

(でも、おかあさんやおばあちゃんは? 夏希《なつき》も怖がってねェじゃろ?)

環の質問に、浦彦は少し硬い声で答えた。

『彼女たちは皆、巫女の資格がないからな』

あまりおもしろくない話題らしい。静かな拒絶とかすかな侮蔑《ぶべつ》を感じたが、気になって、環はたずねた。

(資格がないってなんで? 三人ともうちの直系の女じゃけど?)

『おまえは、巫女になる資格についてどう聞いていたんだ？』

たずね返され、環は宙を見つめた。「資格」というほど、込み入った条件ではなかった気がする。

（巫女になれるのは麻生の直系の女だけで、数え十六のお祭りで幣殿《へいでん》に上がって巫女になるって……）

『そうだな。その意味では、おまえの家族の女には全員、資格があったはずだ。だが、おまえの祖母と母親は、人間の男に嫁《とつ》いで子を成した。その時点で巫女の資格を失っている』

「え？　ああ……」

そうだった。巫女は神の妻。未通女《おとめ》でなくてはならないと相場は決まっている。「環の読むようなファンタジーの世界では」という但《ただ》し書きがつくけれど、どうやら事実らしかった。

（でも、おばあちゃん、そんなこと一言も言わんかったけど……）

どうやら、環に関しては心配する必要すらないと思われていたらしい。合ってるけど。十六になるまで彼氏一人いませんでしたけど！　これが夏希なら、中学生でも言うんだろうに。

心の中で憤慨《ふんがい》していると、浦彦がくすくすとおかしそうに笑った。もうだいぶ慣れてきたが、心の声はほとんど彼に筒抜《つつぬ》けだということを、今でもたまに失念する。

『おまえがいい子だったということだろう』

浦彦のなぐさめを、きまり悪い気分で聞いた。おかげで憎まれ口が転がり出る。

「『都合がいい子』っていうやつね」

『そう卑屈《ひくつ》になることはない。母や祖母、姉妹を思い、家を手伝い、正しく、慎《つつ》ましく生きている。何も悪くないと思うが？』

「いきなり神様っぽくなったなぁ」

神様というより、長い時間を生きてきたヒトっぽいと言うべきだろうか。いつになくやさしい言葉選びに笑いが漏《も》れる。人間くさくてエラそうで時に子供っぽい神様だから、こんなふうにそれらしい言葉で褒《ほ》められるのはくすぐったかった。じんわり、胸の中があたたかくなる。

「褒めてくれるのはうれしいけど、でも、今時の女子高生としてはダメなんよねー。全然ダメ。皆、『何がしたいのか』とか、すぐきいてくる。目的意識もなくだらだらと、カビが生えたような家の手伝いに収まってるなんて格好悪いっていうのが今の考え方」

そういう考え方をする最たる人が姉だった。一年前、美貴《みき》に言われた言葉は、未だに心に刺さっている。

『わたしは来年ここを出ていくけど、あんたどうするん？　夏希はアレだし、巫女、あんたがやれって言われると思うけど』

姉の言葉に、環が『やってもいいかなって』と答えると、美貴は微妙そうに眉《まゆ》をひそめた。

『あんた、ちょっとはやりたいこととかないん？　弓も頑張っててえらいとは思うけど、結局おばあちゃんの言いなりじゃろ。あんたが本当にやりたいことっていったい何なん？　なんでもかんでもおばあちゃんの言うことに流されてばっかで、あんた見てるとイライラするわ』

――そんなこと言われても、だ。

姉のように才能がある人には、環みたいに何をやっても人並みな人間の気持ちは絶対にわからない。唯一世間にも認められるのが弓道《きゅうどう》で、ついでに姉も妹も巫女を継ぎたがらないのなら、環がそれで生きていったっていいじゃないか。

拗《す》ねたような気分になり、振り払うために話題を元に引き戻した。

「そういえば、なんで夏希は巫女の資格がないん？」

たずねながら、まさかと思う。察した浦彦が『安心しろ。あの子も未通女だ』と教えてくれてほっとした。姉妹のそういう情報なんか知りたくないのが本音だけど。

浦彦はすぐに答えずに、話題を変えた。

『それより、午後はどうする？　予定がないなら、これから神社に行かないか』

「うちの神社に？」

『ああ』

「行きたいの？」

『おまえにやりたいものがある』

「……わかった」

気分転換がてら、それもいいかもしれない。

環はスニーカーを履《は》き、三之鳥居をくぐって橋を渡った。


『神社の鳥居は結界《けっかい》だ。知っているか？』

長い石段を上る途中で、浦彦がそう言い出した。

頷く。ファンタジー好きオタクなら常識だ。加えて実家が神社の巫女。そのくらい知らなかったら逆にひく。

『三之鳥居、二之鳥居と、神社の深部に近づくにつれて、結界は強くなる』

「うん……」

階段を上りきり、二之鳥居の下でお辞儀《じぎ》をしてくぐる。境内《けいだい》には誰もいなかった。祖母は社務所《しゃむしょ》にいることもあるけれど、基本的には弓道場にいるか、そうでなければおつきあいで外に出ていることのほうが多い。それでも朝夕には近所のおじいさんたちが散歩していたり、放課後には小学生たちが遊んでいたりするのだけれど、昼下がりの今はちょうど空白の時間帯だった。

「小さい頃、境内で遊んでたら、誰かにじっと見られとる気がしてた。見てたって言うとったね」

『見ていたぞ』と、浦彦は慈愛《じあい》のこもった声で答えた。

『おまえのしるしはすぐにわかった。俺の大事な大事な子がやっと来てくれたと、本当にうれしかった』

「そうなん？」

そんな爽《さわ》やかな視線ばかりじゃなかったような……と思う。

「あれ、わたしは正直怖かった。悪意がないのはなんとなくわかったけど、得体の知れないものに舐《な》めるように見られてるって気味悪いんよ。わたし、小さい頃、ここに棲《す》んでんのは鬼じゃないかと思っとった。熱を出すと、赤鬼に追いかけられる夢をよく見たわ」

環の言葉に、浦彦が低く唸《うな》る。

『でも、見ていたかったんだ。おまえが好きでたまらなくて』

「ストーカー」

『おまえ限定だ』

悪びれなさに笑ってしまう。

浦彦と話しながら、参拝の手順に従い、手水《ちょうず》で身を清め、神楽殿《かぐらでん》を回り込んで、拝殿《はいでん》の石段を登った。コートのポケットに入れてきたお賽銭《さいせん》を投げ入れ、鈴を鳴らしてから拝礼する。

参拝客に対してうるさく言うようなことはしないけれど、麻生神社の拝礼の作法《さほう》は、実は多くの神社と異なっている。伊勢《いせ》の神宮をはじめとする一般的な神社の拝礼は、二礼・二拍手・一礼。麻生神社の拝礼は、二礼・八拍手・一礼だ。

『拝礼の作法は、祭神の系列に関係している』と浦彦は言った。

「そうなの？」

『二礼・二拍手・一礼は伊勢の神宮系。しかも、ずいぶん簡略化されてる。俺たちの時代は、柏手は多いほうが正式だった』

なぜか生硬《せいこう》な声音《こわね》で言い、浦彦は『それが他の社《やしろ》に参拝してはいけない理由だ』と付け足した。

『禁止されていただろう?』

そこまで言われて、ハッとする。

「そうじゃ。なんで知っとるん? わたしら、うちの神社以外にお詣《まい》りしたらいけんって、鳥居をくぐってもいけんて、すんげェ厳しく言われてた。吉備津神社に遠足に行く日なんか、わざわざ学校休まされて……」

『それが理由だ』

浦彦は頷《うなず》き、教えてくれた。

『鳥居は結界。とくに神宮系の結界は強力な上、よくできた組織拡大装置でもある。簡単に言うと、一度参詣《さんけい》してしまったら、自動的に神宮系の天津神《あまつかみ》の庇護《ひご》下に組み込まれる仕組みだ』

「組み込まれるって……」

『他の系列の神の加護を失い、天津神の支配下に下る。おまえたち人間のあずかり知らないところで、俺たちの陣取り合戦が起こっているというわけだ』

穏やかに説明してくれているけれど、きな臭《くさ》い話だ。浦彦の声音にはどこかぞっとするような凄《すご》みがあった。内側に抱えた浦彦の魂がざわめいているのがわかる。

「浦彦様」

どうしてそんなに昂《たかぶ》っているのかわからない。けれど、泣く子を抱き締めてなだめるような気持ちで名を呼んだ。

『くわしき吾妹《わぎも》』

すぐに穏やかな声に戻って——というよりは、甘い、甘い声になって、浦彦は環の魂を抱き締め返すように囁《ささや》いた。

『おまえは、その言いつけを守って大きくなった。そうだろう?』

「……そうじゃ」

遠足にも、他の神社のお祭りにも、行ってはいけないと言われてつらかった。他の子たちと一緒に、あちこちのお祭りに出かけていって、ちょっとした夜遊びをしてみたかった。でも、環はその言いつけをちゃんと守った。従順ないい子であることだけが、自分の取り柄だったから。

『いい子だ』

抱き締めて撫《な》でるように、浦彦は言った。

『そんなおまえが、俺は愛《いと》おしくてたまらない』

「——っ」

　ぎゅっと胸が苦しくなる。つい人の顔をうかがって、言いなりになってしまう、そんな環を全面的に肯定し、褒めてくれる人なんて初めてだった。

　甘い言葉。甘い口調。環の内側に眠る彼の「奥さん」に向けて言われているのだと言い聞かせていなければ、つい勘違いしてしまいそうになる。

『おまえの妹は、もう俺の庇護下にはない。おまえの母と姉もそうだ』

　少し冷たい口調で、浦彦は言った。

「……どこか、別の神社にお詣りしたってこと？」

　内緒で？　そんなこと、環も知らない。

　だが、浦彦はさも当然のことのように頷いた。

『伊勢系の社《やしろ》にな。そうして、あちら側の仕組みの内に取り込まれてしまった。もう俺の声も庇護も、あの子たちの魂には届かない』

「……」

　ぞくっとした。神様は見ているのだ。ばれないと思っているのは人間だけ。

『だから今、麻生の家で、俺の巫女になれるのは、あの大叔母《おおおば》とおまえだけだ』

　おいで、と声がした。自分の外側から、ちゃんと耳に届く音声として。それはお宮の奥から聞こえてきたようだった。

「あれは、浦彦様?」

『そうだ。おいで。おまえに逢《あ》いたい』

背後からざぁっと風が吹き、バタンと拝殿の奥の木戸が開いた。バタン、バタンと立て続けに、奥へ奥へと扉が開く音がする。浦彦が現れたときとは逆だった。

「奥にいるの?」

『そうだ。さあ早く』

——おいで。

声に誘われ、スニーカーを脱いで拝殿に上がった。祭壇《さいだん》をよけて、開いた扉から奥へと踏み入れる。幣殿《へいでん》から先は、本来祭りのときと月一の掃除《そうじ》でしか入れない場所だが、躊躇《ちゅうちょ》はなかった。

神様に呼ばれている。自分だけの神様に。声に手を引かれるように、誘われるまま奥へと進んだ。あのヒトは人間《ひと》ならざるもの、荒ぶる一面をもつモノだとわかっていても、どうしようもなく引き寄せられる。環の中にある玉依姫の魂が彼に惹《ひ》かれているのかもしれない。

「浦彦様」

「来たね。俺の愛《いと》しい子」

幣殿から見上げる本殿の一之鳥居の下に、浦彦が立っていた。あの日と同じ、深紅に金のコスプレ衣装で。

「……っ」

笑いをこらえきれず、噴き出しながら彼を見上げる。

「なんで、またその格好なん？」

「おまえが、この格好を好きなんだろう」

彼も笑いながら、炎の架け橋を渡して下りてくる。手を差し伸べられ、おそるおそる、彼の手を取り、ゆらめく炎の階《きざはし》に足を下ろした。

意外にしっかりした感触がある。熱くない。

「……好きじゃけど。でも、あなたがそんな格好する必要はないんよ」

彼を見上げて言った環の言葉に、浦彦はすっと目を細めた。

「少しでも多く、おまえの愛を得たいのだ」

彼が笑うと、黄金の火の粉がきらきらと舞う。派手できれいで、おそろしくも憎めない、環の神様。

一之鳥居の内側まで環を招くと、浦彦は環に向き直り、両手をさまよわせた。

「……おまえを抱き締めたい。いいだろうか？」

思わず笑ってしまった。いつも「嫁」だの「吾妹」だの「奥さん」だの散々言っているくせに、いざ対面するとこれなのだから。

彼が本当に抱き締めたいのは、環じゃない。環という器《うつわ》の中にいる、彼の「奥さん」を抱き締めたいのだ。一度許してしまったら、今度こそ彼は環を「奥さん」として扱うに違いない。わかってる。わかってるけど――。

浦彦の顔をじっと見上げた。やわらかに揺れる赤い髪。炎のきらめく金の瞳。炎の刺青《いれずみ》に彩《いろど》られた端整な顔に、ゆたかな表情。今は食い入るように環を見つめ、環の反応を待っている。夢に見る、玉依の夫の大吉備津彦より、今の彼のほうが好きだと思った。けっして、コスプレしているからではなく。

同時に、本能的な畏怖《いふ》の感覚もぬぐいさることはできなかった。今朝の恐怖を忘れてはいない。このヒトは人間《ひと》ならざるモノ――神とも鬼とも呼ばれるモノ。環を「普通の人間」から遠ざけるモノだ。でも。

環はぎゅっと胸元で手を握り締めた。

「……どうぞ。あなたの『奥さん』、わたしの中にいるんでしょ」

「ああ、そうだ」と彼は頷いた。

「ずっと、おまえを待っていた……」

（それは、わたしのことじゃない）

心の中で言い返す。胸が痛んだ。彼の顔を見ていられずに目を伏せる。

浦彦は最初、そろそろと、遠慮《えんりよ》がちに手を伸ばした。そっと環の目元に触れ、乾いた涙の跡をたどる。「泣かせてすまなかった」と、彼は小さく呟《つぶや》いた。抱き寄せる彼の手に、環は逆らわなかった。

「……」

心臓が壊れそうだった。今まで彼氏どころか、好きな人だっていたことない。当然、こんなふうに男の人と抱き合うことも初めてだ。当たり前だけど、緊張もドキドキも、夢小説で推しキャラとの恋愛を妄想するのとは比べものにならなかった。

この気持ちがなんなのか、どこから来るのか、環にはわからない。環の中の「彼の奥さん」の魂がそうさせるのか、それとも自分の気持ちなのかさえ、はっきりとはわからないのだ。でも――。

浦彦の手が、ぎゅうっと環を抱き締める。ぐりぐりとこめかみを肩に擦りつけられ、せつないしぐさに胸が痛んだ。

（待ってたんじゃな）

愛する妻を――玉依姫を。

深い彼の愛を感じた。どうしても、自分が彼に愛されていると錯覚《さっかく》しそうになってしまう。実際、それは錯覚ではなく、彼は環を愛しているのだ。彼の愛する「奥さん」の器としてだけれど。

「……」

息を詰め、そうっと片手で彼の背中を抱き返した。そうしたい衝動に駆られ、あらがえなかった自分の気持ちに、ようやく気付いた。

たぶん、自分は浦彦のことが好きになりかけている。彼が見ているのは環ではない、愛しているのは環の魂の一部分だけ。このヒトは穏やかなだけの神ではないとわかっていても止められないくらい。

（……好きになっても苦しいだけじゃ）

浦彦の背に回した手を握り締め、自分を戒《いまし》める。

でも、それは、生まれて当然の感情かもしれなかった。文字通り四六時中、同じ体を共有して、眠っているあいだは体の主導権まで明け渡して。ある意味、体よりも深いところでずっとつながっているのだ。これほどまでに近く魂を寄り添わせる相手は、これから先もいないだろう。人間ならとくに。これで情が湧かないほうがおかしい。

一方で、これが本当に自分の気持ちなのか、環にはやはりどうしても自信がもてなかった。浦彦に「吾妹」と呼ばれる環の魂は、はるか神代の玉依姫に連なっている。ならば、この気持ちだって、その感情の記憶に流されているのではないと、どうして断言できるだろう？

浦彦に対する慕《した》わしさと、畏怖の気持ち。彼の愛はあくまでも玉依のものであること、環自身のものではない愛を自分に向けられることへの理不尽な気持ち。諦め。自分自身が抱いている感情を、自分のものと確信できないもどかしさ——さまざまな感情が自分の中でせめぎ合っているのがわかる。器である環が苦しくなるくらい。

思いをめぐらす環をしばらく抱き締め、浦彦はやっぱりそうっと体を離した。「ありがとう」と照れくさそうに囁《ささや》く。少年ぽい表情に思わず見とれた。夢の中の堂々とした神様ぶりが嘘みたいだ。でも、やっぱり自分はこのほうが好きだと思った。あの文字どおり神々《こうごう》しい神様ぶりでいられたら、環はきっと気後れしてしまう。少しでも環の気を引きたいとコスプレしてしまう浦彦のほうが、ずっとずっと好ましい。

「おいで。おまえに渡したいものがある」

環の手を引き、浦彦は麻生山の中をゆっくり歩いた。この山は禁足地《きんそくち》だ。もう何年も、何十年も——もしかしたら何百年も、人間が入ったことはないはずなのに、不思議に明るく、きれいな森だった。

「……ここだ」

やがて、浦彦は小さな洞穴《ほらあな》の前で止まった。彼の背丈だと腰をかがめないと入れない、環でも頭がぶつかりそうな大きさの穴だ。

「ここ……」

「墓だ。何千年も昔……おまえが夢に見ている時代の。麻生の郷《さと》の者たちは、死ぬとここに葬《ほうむ》られた」

待っていろと言い残し、浦彦は洞穴の中へ入っていった。とはいっても、奥行きもさほど深くはない。環が立っているところから見える位置で座り込み、何かを拾うと戻ってきた。

「おまえに持っていてほしい」

差し出されたものを手のひらで受け取った。それは石のようだった。環の小指の爪ほどの、小さな円柱形の石――。

「俺の骨だ」と言われて、思わず取り落としそうになった。

「ちょっ……！」

やめてよ、と叫びそうになるのを、なんとかこらえる。浦彦はごく真面目《まじめ》な顔をして環を見ていた。「気持ち悪い」なんて、感情的に出かかった言葉が引っ込むくらい。

「なんで、わたしに……？」

言われなければ絶対に骨だとは気付かない、手の中の石をじっと見つめた。浦彦の体の一部。何千年もの昔、確かに彼がここにいた証拠。

顔を上げる。炎の瞳と目が合った。おそろしくも美しい大吉備津彦。彼が愛した人たちは皆、彼を遺《のこ》して逝《い》ってしまった。ひとりぼっちの国津神。人も、郷も、大地のかたちですら変わってしまったかつての国で、彼の抱く孤独感はどれほどだろう。神様でも、彼は人間のような感情をもっている。それを環は知っている。

彼は環の手の中に骨を握り込ませ、その上から自分の手を重ねた。

「これを肌身離さず持っていてくれ。一度きりだが、おまえを守ってやれるはずだ」

「え？」と彼に握られた手と、彼の整った顔のあいだで、環は視線を往復させた。

「俺がおまえの体を借りて何を探しているのか、ききたがっていただろう？」

「ああ……うん」

「俺は、俺の体を取り戻そうと思っている」

確固とした意思のこもる声で、浦彦はそう言った。彼の体。

「それって、ここにある骨のこと？」

「それも含め、すべてだ」

——という言い方をするということは、ここにあるだけではないのだろう。

金の瞳に宿る炎が、炯々《けいけい》と光った。

「今はまだ、俺が実体を保っていられるのは、この禁足地の内側だけだ。おまえの中に宿らなければ、一之鳥居から外へも出られない。だが、体と魂の両方がそろえば、神として復活できる。再び国津神として、この吉備の土地に祝福をもたらすことができるのだ」

目の前で見ている夢を語るような声だった。素晴らしいことを言っているはずなのに、そら恐ろしくも感じられる。言ってはいけないかもしれないと思いながらも、おずおずと口を開いた。

「……今更、あなたがそこまでしなくても、今のこの土地も、十分潤っていると思うんですけど……」

そりゃあ、東京や大阪といった大都市圏とは比べるべくもない地方の片田舎《かたいなか》だけれど。でも、環はこの吉備が好きだった。そうでなければ、いくら家の事情でも、十六でこの地に骨を埋める覚悟などしない。

だが、浦彦はもどかしげに首を横に振った。足らないのだ、と言いたげに。

その顔を、環もまたもどかしい気持ちで見上げた。

（……わたしには、このヒトは止められん）

それをひしひしと感じていた。

吉備の国と、そこに住まう人々に、祝福をさずけたい。浦彦の思いが痛いほど伝わってくる。国津神の彼にとって、それは使命であると同時に、抑えられない欲求なのかもしれなかった。神様が全力でもって成し遂《と》げようとしていることを、人間である環に止められるわけがない。

「おまえの体を借りるしかないことを、申し訳ないと思ってる」と浦彦は言った。目を伏せ、本当に申し訳なさそうに。

「だが、絶対におまえの体は傷つけない。約束する。おまえが体を使っているときも、この骨の一欠片《ひとかけら》に宿っておまえを守ると誓おう」

「……っ」

ぎゅっと摑《つか》まれたような胸の痛みに、環はとっさに目を伏せた。彼にそんなふうに言ってもらってしまったらドキドキせずにいられない。かーっと顔に血が上る。

この人は自分のものじゃない。この言葉は、環の魂に宿る、彼の「奥さん」に向けられたもの——いくら言い聞かせてもときめいてしまう。彼の望みを叶えてあげたくなってしまう、愚かな自分が滑稽《こっけい》だった。

ふ、と、ため息をひとつ。「……わかりました」と頷いた。

「これからも、体、使っていいです」

「そうか」。浦彦はあからさまにうれしそうな顔をした。

「でも、犯罪は絶対ダメ。あと、わたしの信用を失うようなこともせんでよ。これでも、『いい子』で通ってるんです」

「わかっている」

「……あと、外へ行く前には服を着替えて、帰ってきたら汚れも落としておいてください。洗濯《せんたく》はわたしがしますけど、いきなり今朝みたいなのは驚くから」

「だが俺は、着替えはしない約束だったが?」

そうだった。最初に環が言いつけたのだ。風呂に入るな、着替えもするな、絶対に見るな、と。

(……でも、今更だし)

人の目にさらしたいほど自信がもてる体ではないけれど、背に腹は替えられない。だいたい、普段から同じ体に入っているのだ。今更表面を見られたところでどうってことない。

(……こともないけど!)

深く深く、三度目のため息をつく。

「絶対、変な目で見んといてな。触るのもだめ」

浦彦はあきらかに笑いをこらえている顔で、「わかった」と頷いた。

「そろそろ戻ろう。ここにあまり長くいてはいけない」

手を引かれて来た道を戻る。

一之鳥居から外を眺めて驚いた。まだ昼下がりのつもりだったのに、鳥居の外ではもう夕暮れが迫っていた。

「時間が……」

時間の流れが異なっている。まるで浦島太郎《うらしまたろう》みたいに。人ならざるものの世界にいたのだと、そのときやっと環は気がついた。ぞわぞわと得体の知れない恐怖に全身が粟立《あわだ》つ。

来たとき同様、炎の階を幣殿《へいでん》まで渡して、浦彦は環を先に幣殿に下ろした。

「くわしき吾妹《わぎも》。俺をその身に受け入れてくれ」

そう環に請《こ》いながら、浦彦はあふれんばかりの感情を込めて環を見つめた。愛《いと》おしくて愛おしくて、大切にしたい。おまえが好きでたまらない。視線で、表情で、全身でそう訴えている。

「……っ」

うっかり正面からそれを受け止めてしまい、環は思わず目を細めた。だめだ、と思った。もう、取り返しはつかない。

（やっぱり、わたし、この人が好きじゃ）

内側に浦彦がいないときでよかった。おかげで、自覚した瞬間に、彼に気持ちがばれるという最悪の事態は回避できた。安堵《あんど》とともに苦笑する。彼の好意を自分のものだと勘違いしないよう、彼を好きにならないよう、気をつけていたつもりだったのに、今までの努力もすべて水の泡《あわ》だ。でももう、後悔はしない。

環はまっすぐに彼を見返して微笑《ほほえ》んだ。身代わりだからどうだというのだ。これほどまでに求められて、好きにならずにいられるわけない。

「ええよ、来て。吾が兄《せ》の君」

彼を受け入れようと両手を伸ばす。

重ねた手を取り、引き合うように身を寄せ合った。ふわっと浦彦の胸に抱き込まれる。

彼の鼓動が耳に響く。

「――――！」

唇が重なったと思った瞬間、浦彦の体は黄金の炎に包まれた。一塊《いっかい》となった黄金の炎が、環の口から中へと入ってくる。

「あ……っ、あ…………！」

なすすべなく呑《の》み込んだ。全身が熱い。内側から、血管をはじけさせそうなほどの圧倒的な存在感に満たされて、環はあえかな声を漏《も》らした。

肌という肌がぞわぞわと総毛立《そうけだ》つ。内側から圧《お》し潰されそうなそれが、いわゆる神との交歓による多幸感なのだと気付き、環は思わず両手で顔を覆《おお》った。

『くわしき吾妹。手玉《ただま》の君。おまえのことが愛おしい』

やるせないほどの感情を込め、神が内側から囁《ささや》いた。

4・大吉備津彦

夢を見た。

歌が聞こえる。素朴《そぼく》な、それでいて、魂に訴えかけてくるような力強い歌声だ。

真金《まかね》吹く　吉備の中山《なかやま》　帯にせる　細谷川《ほそたにがわ》の　音のさやけさ

ごうごうと燃えさかるたたらの炉《ろ》にふいごで風を送りながら、汗みずくの男たちが声を合わせて歌っているのだった。

火を落とした炉を壊すと、真っ赤に焼けた鉧《けら》が姿を現す。ごつごつと無骨な黒い海綿状の塊《かたまり》の内側は明々と燃え、高熱を放っている。それを焼いては叩き、叩いては焼きを繰り返して鉄《まかね》へと精錬していくのだ。

鉄は今や黍《きび》と並んで、吉備の国を象徴する代名詞となっていた。

鉄は青銅《からかね》に比べて精錬も加工も難しく、製品の生産には高い技術力が必要になる。だが、そのぶん鉄製の武具や祭具、農具などは、青銅製のものの何倍もの値で取引された。鉄の武具を備えた吉備の軍事力は周辺諸国にとって脅威《きょうい》となり、一方で農具や祭具は交易品の中心に名を連ねた。浦彦《うらひこ》のもたらした製鉄は、三代の時を経て、今や吉備の国力そのものとなったのだ。

阿蘇《あそ》は大吉備津彦《おおきびつひこ》の左肩に乗せられて、たたらの様子を見守っていた。歳《とし》は六つ。吉備の国津神・大吉備津彦との外見的な年齢差は親子ほども離れている。だが、彼女は既に大吉備津彦の妻として遇《ぐう》されていた。

阿蘇は、左手首に白い環の痣《あざ》をもって生まれた。吉備の国では、左手首に白い環をもって生まれた娘は、大神の妻、麻生《あそ》姫の生まれ変わりだと信じられている。大吉備津彦の前《さき》の妻は六年前に齢《よわい》三十四で亡くなり、その年に阿蘇が生まれた。阿蘇は先代麻生姫の生まれ変わりなのだ。生まれてすぐに大神の住まう中山の吉備津の宮へと召し上げられ、以来、ずっとそこで暮らしている。

とはいえ、阿蘇は今まで、窮屈《きゅうくつ》な思いをしたことはなかった。偉大な国津神である大神様は、普段は非常に気さくな人であったし、宮に仕える人々も皆、阿蘇にやさしかった。実の両親とは離れて暮らしているものの、阿蘇にとっては物心つく前からのことなので特別さみしく感じることもない。厳しくもやさしい世話係に囲まれ、望めばいつでも両親にも会える。豊かな吉備の国津神の妻だ。当然のことながら、着るもの、食べるものに困ることもなく、天真爛漫《てんしんらんまん》に満たされた日々を送っていた。

「浦彦様。たたらの火は熱くはないのですか？」

麻生姫にのみ許された名で大神様を呼び、問いかける。大神様は肩の上に抱え上げた阿蘇を見上げ、「熱いとも」とお答えになった。

「熱くなくては鉄は作れないからな。だが、わたしの火は国の人々を焼くことはない。だから皆、安心して鉄を吹くことができる」

「浦彦様の火のおかげなのですね」

「だが、実際に鉄を吹くのは郷《さと》の者たちだ。米を作る者、黍を作る者、魚を獲る者、それらを売る者……すべての人々の営《いとな》みの上に、わたしたちの生活は成り立っている」

感謝しなさい、と大神様はおっしゃった。人々の暮らしに感謝し、彼らに豊かな穣《みの》りをもたらすことがわたしたちの役目なのだと。

そのお言葉を胸に刻み、阿蘇はこっくりと頷《うなず》いた。

❖

「まったく、今の政治家に聞かせてやりたい話じゃったわ」

午前七時。スマートフォンのアラームで目を覚ます。冬の朝の冷気が窓を曇らせていた。十二月の乾いた朝。もう今年もあと数週間で終わりだ。

身を切るような寒さの中、制服に着替えながら環《たまき》が言うと、浦彦が『政治家？』と鸚鵡《おうむ》返しにした。

「国の方針を決める人たちのこと」

説明し、首から提げたペンダントを制服の中に入れる。小さなガラスの試験管型ペンダントだ。浦彦の骨を入れたそれを、環は彼に言われたとおり、寝るときも肌身離さず身につけていた。冬の空気に触れていたそれが、ひやりと環の胸を冷やす。

『今の政治家とかいうやつは、おまえのような若い娘が嘆《なげ》かなくてはならないほど、民のことを思わないのか？』

わりと深刻そうな声音《こわね》でたずねられてしまい、環は「えっと、」と言葉に詰まった。

「なんとなく、そう思っただけだから……」

そうでも言っておかないと、この神様が何をするやらわからない。浦彦がけっして穏やかなだけの神ではないと、環はもう知っている。今朝も床に畳《たた》まれて置かれている汚れたジャージを横目に見ながら、ぞっとした。吉備の国と民を溺《おぼ》れるほど愛している国津神様の前で、うかつな発言はＮＧだ。

実際のところ、本当に今の為政者《いせいしゃ》が、浦彦の言葉を聞かせてやらなければならないほど堕落《だらく》しているのか、環は知らないのだった。ただなんとなく――本当になんとなく、テレビや大人たちの発言を鵜呑《うの》みにして、そう思い込んでいるだけだと気付かされる。あさはかだった。

「ごめんなさい。思い込みと憶測で物を言っただけです。悪かったわ」

環が真摯《しんし》な気持ちで言うと、彼は『そうか』とだけ答えた。浦彦は、本気で反省している相手に、追い打ちをかけるような真似《まね》はしない。神様相手におかしいけれど、こういうところは大人だなと思う。

（穏やかなときはいいヒトよね。本当に）

それ以上は、彼を好きだと思う気持ちが表に出てこないように、心の声に出してしまって浦彦に聞こえてしまわないように、心の内に置いた箱に気持ちを押し込める。

最初から環を「奥さん」と呼び続けている彼を相手に、こんなこと、もしかしたら無駄な努力なのかもしれない。自分でも、たまに何をやってるんだろうと思う。けれども、彼にきちんと気持ちを伝える決心がつくまで――そうでなければ伝えないと決めるまで、環の恋心はひとまずその箱の中に閉じこめておきたいと思っていた。

代わりに、環は今朝見た夢で気付いたことを口にした。

「あと、わかっちゃいました。浦彦様、わたしのこと、すんげェ子供扱いしてるでしょう。玉依姫との接し方とわたしとじゃ差があるなと思ってたけど、六歳児と同じ扱いなんじゃもん」

「嫁」だの「妻」だの「奥さん」だの、散々言っといて失礼な話だ。

わざと不満そうな声で環が言うと、浦彦は苦笑交じりの声で答えた。

『とくにそういった意図はない。ただ、おまえの意識を調べて、おまえが馴染《なじ》みやすそうな話し方を選んだだけだ』

「わたしが馴染みやすいって言うなら、もうちょっと軽いほうが高校生受けいいと思うけど？」

『いや。あの赤い鎧《よろい》の男が話していた言葉を参考にした』

――つまり、深夜アニメの武将に似せた、と。

「……ッ」

耐えきれず、噴き出した。

「っもー、なんでそんなおもしろいの？」

『何かまずかったか？』

「浦彦様の選択がおもしろすぎるっていうだけです」

遠慮《えんりょ》なく笑い、それから少し目を伏せた。

「わたしはいいんです。子供扱いでも。もし、この頃わたしの見ている夢が、本当にあった、昔のわたしの記憶なら、何千年も生きてきたあなたにとって、わたしなんて子供にも満たないのだろうし……」

そして、きっとこの国津神にとって、吉備の国の人々は、昔も今も等しく我が子のような存在なのだろうとも思う。

「わたし、あなたの今の話し方、好きじゃ」

鞄《かばん》の中身をそろえながら環が言うと、浦彦は束の間、黙り込んだ。

「どしたん？」

『……おまえに、好きだと言われるのは初めてだ』

「えっ、そう？　そうかな。言ってなかった？」

特別なことのように彼が言うから、環も焦る。そんなつもりはなかったけれど、無意識に自分の恋心が滲《にじ》み出してしまったのかもしれない。

「あっでも、話し方が好きっていうだけじゃけェ」

笑ってごまかしながら、鞄を手に、足早に階下の台所に向かった。母や妹のいるところなら、浦彦もむやみに話しかけてはこない。

「おはよう」

「おはよー」

「おはよう、環。悪いけど、わたし今朝は早いの。朝ご飯の用意はできてるから、先行くね。いってきます！」

「いってらっしゃーい」

入れ違いに慌ただしく出ていく母を見送って、テーブルにつく。

トーストにバターとジャム。ゆで卵が一個とフルーツヨーグルト。簡素だけれど、忙しい中、毎朝用意してくれるだけでもありがたい。これとは別に、環と夏希《なつき》のお弁当も作ってくれているのだから頭が下がる。牛乳をコップにつぎ、「いただきます」と手を合わせて食べ始めると、夏希が食パンをかじりながらこちらを見た。

「環ねえちゃん、今朝は遅かったなぁ」

「うん。ちょっと寝坊しちゃって」

言いながら、妹の顔を正面から見返す。

染めてもいないのに栗色の髪は、巫女《みこ》候補としてお役御免になった翌日、美容院でバッサリ切ってきた。くるんとワンカール入ったショートボブに、透明感のある白い肌。マスカラなんか塗らなくても、睫毛《まつげ》はバサバサ。ぱっちりとした二重《ふたえ》の目も、髪と同じ琥珀《こはく》色だ。本当に、地味でモブ顔の姉や自分と同じ遺伝子から、どうやったらこんな美少女が生まれるのだろうと思う。おまけに本人も自分の強みをよくわかっていて、中学生ながらにオシャレに力をいれ、今まさにどんどんかわいくなっていっている最中なのだから手に負えない。

(夏希が玉依姫《たまよりひめ》じゃったら、浦彦様もうれしかったじゃろうになぁ)

ぼんやり心の中で呟《つぶや》いたら、なにやら盛大にうろたえている気配が伝わってきた。

『いやいやいやいや、何言ってるんだ。そんなことはない。ないぞ!』

(……そこまでうろたえられると逆に疑わしいわ)

べつに、正直に言ってくれてかまわないのに。十四年、この妹の姉として生きてきたのだ。慣れている。

だが、浦彦は断固とした口調で言い張った。

『何をいきなり言い出すんだ! そんなことは断じて思ってないからな! 俺の奥さんは

おまえだけだ‼』

（わかったって）

くすりと笑ってしまいながらも、結局自分はその一言が欲しかったのだなと気付いた。美人の妹に対抗意識を抱いて、無意識に嫉妬《しっと》して、浦彦には言葉をねだって。恥ずかしい。以前の自分は、人からの好意に、こんなに欲張りではなかったと思う。恋をしたら、こんなに強欲になるものなのかと、他人事《ひとごと》のように驚いた。

「おねえちゃん、どしたん？」

一人で百面相していたらしい。夏希は、おかしなものを見る目でこちらを見ていた。

「なんでもない」とごまかす。

「ただ、夏希、あいかわらずかわいいなって。わたしも、あんたくらいまで髪切りたいなぁ。そしたらちょっとは雰囲気《ふんいき》明るくなると思うんじゃけど。おばあちゃん、許してくれんかなぁ……。染めたら少しはまともになると思う？　それとも、梳《す》いてもらったほうがええんじゃろか？」

長い髪の先を摘《つま》んで眺めた。学校に行くときはだいたいポニーテールに結っているが、それでも余裕で毛先が目の前まで来る長さだ。冬場は乾きづらくて風呂上がりが面倒くさい。

環にとっては何気ない一言だったが、夏希はびっくりしたようにこちらを見た。口の動きまで止まっている。あまりの驚きように、環のほうが戸惑った。

「えっ、何？」

「何って！　環ねえちゃんがオシャレに興味もつとか、驚くん当たり前じゃろ！　もしかして人生初なんじゃねェ⁉」

さらっと失礼なことを言ってくれる。が、今までの自分を振り返り、この反応もやむなしかもしれないと思った。なにしろ、自分の容姿には微塵《みじん》も期待していないので、オシャレに気を配ることも、お金をかけることもしてこなかったのだ。毎月美容院に通ったり、服を買ったりするくらいなら、推しの舞台にＤＶＤ、漫画、小説……他に欲しいものは山ほどある。

（なるほど。そりゃ、夏希も驚くか）

自分自身の心境の変化に今更気付き、我ながらびっくりする。

浦彦は何も言わなかったが、おかしそうにしている気配は伝わってきた。暢気《のんき》なものだ。絶対、浦彦のせいなのに……。浅くうつむく。

「何。おねえちゃん、とうとう彼氏できたん？」

顔をのぞき込むようにテーブルに身を乗り出してこられて、環は椅子《いす》に座ったまま仰《の》け反《ぞ》った。

「なわけねェじゃろ！　もてないの知ってるくせに」

いつもの調子で言い返し、はたと気付く。彼氏はできていないけれど、神様の妻にはなったのだった。望まれたのは環自身ではなかったけれども。

「えっ……ちょっと。まさかマジで？」

変なタイミングで固まった環に、夏希はさっと表情を改め、今度は心配そうに声をひそめた。

「ちょっとちょっと、大丈夫なん？　おねえちゃん、巫女になったばっかかなのに、おばあちゃんにバレたらやばいんじゃない？」

「いや、大丈夫じゃって。そんなんじゃないから」

「えー、そうなん？　ほんとにー？」

疑り深い目で環の顔を見つめながらも、夏希はアドバイスしてくれた。

「まあ、どっちでもいいんだけどさー。環ねえちゃん、今の髪型似合ってるから、変に切ったり染めたりしないほうがいいと思うよ。清楚《せいそ》な黒髪のお嬢さん系、今時女子高生の主流じゃん」

「え、そうなん？」

でも、自分が垢抜《あかぬ》けていない自覚は、環にだってあるのだ、残念ながら。黒髪も、こだわりがあってこうなわけじゃない。

「環ねえちゃんがモサいのはさ」

「モサいって何よ。失礼な」

「イモいのほうがいい？　最低限、眉《まゆ》整えるだけのこともしてないからじゃろ。ちょっと待ってて」

夏希はテーブルを立つと、たたたっと自分の部屋に駆け上がり、すぐに小さな鋏《はさみ》を持って戻ってきた。

「ちょっと目ェつぶって」

環の前髪をくちばしクリップですくい上げ、眉をちょちょっと整えてくれる。足りないところは描き足して。

「目ぇ開けて。……ほら。これだけでもだいぶ印象違うよ。あとはこれ。リップ塗って。こんくらいできるじゃろ」

「え、あ、うん」

「ちゃんとファンデとか塗ってるわけじゃないから、ちょっと色が付くくらいのが自然でいいよ。……うん。かわいい」

「えー、ほんと?」

「ほんとだって」

さっと差し出された小さなミラーをのぞき込む。元が元なので、どう足掻《あが》いても夏希のような美少女にはならないけれど、それでも確かにいつもよりだいぶマシな自分の顔が映っていた。ちょっと一手間かけただけで、ずいぶん印象が変わっている。

「……すごいね、あんた。ありがとう」

環が言うと、夏希は「いいえー」と照れた笑みを浮かべた。

「興味があるなら、わたし、もっと手伝うよ。服とかも! 環ねえちゃん、おばあちゃんやおかあさんがスーパーで買ってきたやつ、そのまんま着てるじゃろ? ダサいから、もっと自分に似合う服、ちゃんと選んだほうがええと思う」

「いやでも、あんたとは素材が違うから」

言い訳すると、「何言ってんの」と反論された。

「素材なりにかわいくしようとする努力も放棄したら、いつまでたってもブサイクで当然じゃろ。そんなんで、彼氏に愛想つかされてもええん?」

「彼氏じゃないし」

夫だし。そもそも、今の環の器《うつわ》には、さほど興味はないはずだし。

けれども、夏希は熱心だった。

「ねえ、わたし、うれしいんじゃや。環ねえちゃん、ファッションとか全然興味ねえし、そーゆーのばっか気にしてるわたしのことも、好きじゃねんじゃろなぁって思ってたから……」

いきなりいじらしいことを言い出した夏希に驚く。思わず赤面してしまった。とはいえ、

「それ、どっちかっていうと逆じゃない？」

軽蔑《けいべつ》されてるのは自分のほうだとばかり思っていた環である。なにせオタクで、かわいくなろうと努力もしない。さぞかしダメな姉に見えていただろうと思う。

夏希もそれは否定しなかった。

「まあ、わたしもアニメとかフィギュアとか、全然興味ないし、環ねえちゃんが好きな舞台？　だっけ？　あーゆーの、よくわかんないけど」

「……デスヨネ」

目を見合わせて、クッと笑った。噴き出したのはたぶん同時だった。お互い似たようなことを考えているのは、やっぱり姉妹だよなぁと思う。今もきっと、夏希も似たような気持ちでいるんだろう。

「せェじゃけェ、せっかくやる気になったんなら、オシャレの手伝いくらいはさせてよ」

「わかったよ。じゃあ、よろしく」

「あ、やっぱり、彼氏なん？」

「違います。ちょっと思い立って、多少小綺麗《こぎれい》にしようかと思っただけ。だから、頼むわ」

環が言うと、夏希は照れくさそうに、うれしそうにはにかんで見せた。

「ええよ。ってか、ほんとはそんな努力せんでも、環ねえちゃんって、一番地味に見えて、なんだかんだ、わたしらの中で一番好かれとると思うけど」

「ええ？　冗談じゃろ」

愛想が武器の末っ子に言われたくない。

自分でも、いやな顔をした自覚があったが、夏希は真剣だった。

「ほんとに。おねえちゃん、当たり前じゃけど、おばあちゃんにも気に入られてるしなー。わたしはめっちゃ頑張って愛想よくしてるつもりじゃけど、そんでも、家のこと全然興味ないから、おばあちゃんには目ェつけられとるし」

「ちゃんと理由わかっとるじゃん」

「おかあさんにもきらわれとるような気がするし……」

「ええ？　なんで？」

「だって、わたし、おかあさんに似てないじゃろ」

ハッとした。

美少女で、愛想がよくて、環たち二人の姉とも、母とも全然似ていない夏希。ある日ふらっと出ていったきり戻ってこない父親のことを、母は語りたがらない。けれども、今もどんどんきれいになっていく彼女が、もし父に似ているのだとしたら。それに本人も気付いているのだとしたら――。

「……そんなことねぇじゃろ」

あながち慰めだけではなく、環は言った。

「わたしも、おばあちゃんの言うとおりにしてるわたしなんか、おかあさん、きらいじゃろなって思ってたけど。でも、意外にそうでもなかったよ」

「えー、マジでぇ？」

「だいたい、あの人、自分がきらいな人にかまったりせんじゃろ。あんた、毎日勉強しろって言われてるじゃん」

「あー、それはそうかも……？」

半信半疑な顔でこちらを見つめてから、夏希はカラッと笑った。えへへっと、はにかんで笑うと、もっと小さい子供の頃の無邪気な顔がちらりとのぞく。

「おねえちゃん、大好き！」

「わたしもね」

妹ってかわいいなと、ひさしぶりに思った。

❖

夢を見た。

体の中に、まだ官能の熾火《おきび》が残っているような気がした。

世が白む少し前。夫婦の褥《しとね》で、素足に触れる夫神の肌を心地よく感じながら、安曾《あそ》は彼にどう話を切り出すべきか迷っていた。

赤ん坊の頃に吉備津の宮へやってきて以来、三十余年。自分の容色《ようしょく》は盛りを過ぎ、既に老境に差しかかっている。にもかかわらず、夫神は出会ったときのままの美丈夫《びじょうふ》だ。神と人との残酷《ざんこく》なまでの差を、安曾は身をもって実感してきた。それでも彼が自分や子供たちに変わらぬ愛情を傾けてくれるのを、うれしいとも、申し訳ないとも思う。

悩んだ末に、どう言いつくろっても同じと思い切った。

「……美作《みまさか》の猨《さる》姫から、お手紙をいただきました」

そう安曾が切り出すと、機嫌良く擦り寄ってきていた夫はぎくりと身をこわばらせた。

ああやはり、と思う。せつなく、だが、しかたがない。美しく若い娘に男が惹《ひ》かれるのは世の常だ。神であっても変わりはない。御心のままにあらせられる大神であれば、なおさらのこととも言える。

偉大なる国津神、大吉備津彦は、吉備の国内でも、また外でも、訪れた土地では歓待に遇うのが常だった。そして、それに種を分け与えることで応えるのもまた、偉大なる力をもった神の礼儀なのだ。

この吉備の麻生《あそう》もまた同じだ。最初に彼を迎えただけのこと。自分に至っては、麻生姫の魂を受け継いだために寵愛《ちょうあい》をいただいただけである。他の女を抱いたからといって、自分に向けられている情が薄くなったとも思わない。だから、悋気《りんき》を起こすのは、安曾の身勝手なのだった。

「この宮へお迎えになりますか」

安曾がそうたずねると、彼は「ならぬ！」と慌てたように叫んで半身を起こした。

「ならぬも何も、あなた様が蒔《ま》いていらした種でしょう」

美作の猨彦《さるひこ》様、と、幼い御子の名を挙げると、彼は呻《うめ》いて褥に突っ伏した。

「……子が生まれていたか……」

「そのように書いていらっしゃいました。御年三歳だそうですよ。御津《みつ》姫なら、遊び相手にもなると思いますが」

五歳になった末娘の名を出してみたが、夫はキッパリと首を横に振った。

「ならぬ。美作で生まれたのであれば、その子は彼《か》の地を統《す》べる子だ。この宮には、おまえ以外の女もその子供も置く気はない」

「ならば、そのように取りはからってさしあげなさいませ」

ピシャリと言い渡すと、夫神は再び小さく呻《うめ》いた。それでも「すまない」とは言わない。それまで含めて国津神の役割であり、妻もそれをわきまえていることを、彼もちゃんと理解している。

黒々と美しい夫の髪を撫《な》でながら、安曾は「浦彦様」と呼びかけた。今は安曾にだけ許されている特別な呼び名だ。

「吉備はいささか大きくなりすぎたのかもしれません。わたくし一人でお支えしきれないようならば、他に支えを求められたとしても、どうしてあなたを責められましょう」

安曾の言葉に、夫神はかたくなに「ならぬ」と首を振った。その情深さに、安曾はまたうれしくも、せつなくもなるのだ。

吉備の中山にいます、偉大なる国津神、大吉備津彦。

「あなた様のおかげで、吉備の民も、わたくしも、皆しあわせです」

——だがその静かな朝の安寧《あんねい》を切り裂くように、大和《やまと》からの使いが彼らの元に迫っていた。

❖

ぐらっと世界が足元から揺れ、環はハッと居眠りから目を覚ました。

授業中。自分が寝ぼけているのかと思ったけれど、教壇《きょうだん》の教師も、クラスメイトたちも皆騒然としている。本当に地震があったらしい。

「揺れた！」

「揺れたね〜」

「近頃多いね」

「あっ。やっぱ、震源地このあたりだって！」

授業中にもかかわらずスマートフォンを取り出した誰かが言って、クラス中、あちこちで生徒がスマホをのぞき込む事態になってしまった。

「えー、マジ？」

「やだー」

どこか危機感のない悲鳴が上がる。先生が、「こら、携帯しまって!」と怒鳴っているが、収拾《しゅうしゅう》がつかない。

最近、岡山県の瀬戸内《せとうち》側中央部を震源とする小さな地震が頻発《ひんぱつ》していた。「小さな」とは言っても、直下型地震だ。体感ではかなり大きな揺れになる。とくにこの一週間ほどは、毎日のように――どころか、日に何度も有感地震が起きていた。おかげで、ローカルニュースは連日その話でもちきりだし、昨日あたりからはとうとう全国ニュースにもなってしまっている。

「怖いなぁ」

囁《ささや》いてきた隣の席の友達に頷《うなず》きを返す。もちろん環も不安だった。

(ほんとにいやよねぇ、地震)

授業どころではなくなってしまった教室の隅で、ノートに落書きしながら心の内でぼやく。浦彦は『そうだな』と相槌《あいづち》を打った。

『昔から、地が震えるのは不吉の兆候だと言われていた』

(いやなこと言わんでよ。そう考えたくなるのはわかるけど)

顔をしかめ、環はローカルニュースの受け売りを口にした。

（岡山って、大きな活断層がほとんどない土地柄なんじゃって。そんなとこで群発地震とか、気味が悪い）

『活断層？』

（地震が起こる地盤の割れ目）

『そんなものはなくても、地が揺れることはある』

（……そうなん？）

ざらりとした違和感が肌を撫で、環はひっそりと眉《まゆ》を寄せた。

浦彦は不自然なほど落ちいていた。まるで今起こっていることが当たり前みたいに。大地震のような天災が起こると、現代人の環でもつい、神頼みにすがりたい気分になるのだけれど、神様にもなると、見えるもの、感じるものが違うんだろうか……。

そこまで考えて、環はふと違和感の理由に気付いてしまった。思わず落書きのペンが止まる。

（……待って。なんで、あなたはそんなに落ち着いてんの？）

気付いてしまえば、それはあまりにも不自然だった。

彼が大切にしている吉備の国の出来事だ。なのに、浦彦がこんなに落ち着いているのはおかしい。彼が落ち着いていられるのは――。

「いやな予感」という名の悪寒《おかん》が背筋に走った。

（まさか、理由を知ってるん……？）

彼は『ああ』と肯定した。

（ばか！「ああ」じゃねェじゃろ。原因がわかってるなら、なんとかしてよ！）

『大声はやめてくれ』

痛む頭を抱え込むみたいな声で浦彦が呻く。

（じゃあ、ちゃんと原因教えて。この地震はいったい何なん？）

『荒ぶる魂が目覚めつつあるんだ』

おごそかにも聞こえる声音《こわね》で、浦彦は言った。

（何それ……。まさか、そういう霊的な原因で地震が起きとるって言うん……？）

『そうだ』と肯定されて目眩《めまい》がした。

（……わたし、そういうの知っとるわ）

『そうなのか？』

（アニメとか漫画とか小説の中の話じゃけど）

この科学の発展した二十一世紀に、まさかそんなことが軽率《けいそつ》に現実になるなんて、いくら中二病でも考えもしなかったけど！

『ああ』と、若干《じやつかん》あきれたように浦彦が相槌《あいづち》を打った。おまえの好きなやつ、というニュアンスだ。自分の存在自体がファンタジーなくせに、そんな反応されたくない。

（なあ、どうしたらええん？　こういうときのための国津神様なんじゃないん……？）

ぎゅうっと、浦彦の骨の入ったペンダントを制服の上から握り締めた。彼ならなんとかしてくれるはずだと、無意識の甘えが言葉と態度に滲《にじ》み出る。

『怖がりだな』と彼は言った。心外だ。

（現代人の平均的な反応じゃと思う）

彼は少し考えて、『……そうだな』と気を取り直したように言った。

『このくらいなら問題ないと思っていたが、皆を不安にさせたままではまずいかもしれないな……。悪いが、少し手伝ってくれるか？』

（わたしが？　そんなことできるん？）

『おまえにしかできないよ』と彼は頷いたようだった。

『弓を持っておいで』と浦彦は言った。

「行くって、どこに？」

制服を脱ぎながらたずねると、『神社』と返ってくる。浦彦にとっては、麻生神社こそが本来の居場所なのだとわかる言い回しだった。

環は「えー」と顔をしかめた。

「もう夜なんだけど……」

冬至《とうじ》まであと一週間。部活までして帰ってきたので、あたりはもう真っ暗だ。自分の家の神社とはいえ、こんな時刻に行くのは気味悪い。

『本当に怖がりだな』と、浦彦は言った。愉快そうに。

『俺の領域内で、俺がおまえを危険にさらすとでも？』

ぞくりとした。絶対にさせないと漲《みなぎ》る自信は、人間にはもてないたぐいのものだと感じた。「……そうじゃね」と頷く。やっぱり彼は神様なのだ。

「じゃあ、服は？　弓道着《きゅうどうぎ》でいい？」

『なんでもいい。服は服だ。せいぜい気持ちを整えるくらいで、何を着ていても変わりはない』

「あれ、そういうもん？」

『大切なのは中身だ。そして、おまえはそれを持っている』

そんなご立派な中身を持っている自覚なんてさっぱりない。けれども、彼が言うなら、信じるしかなかった。

ちょっと考えて、環は箪笥《たんす》から巫女装束《しょうぞく》を取り出した。ひらひらしていて、弓を射《い》るには向かないけれど、競技ではないのだからいいだろう。

『それを着るのか？』

「ええじゃろ。それこそ気分の問題よ」

良くないモノを祓《はら》うというなら、この服しかないと思った。浦彦が来てからというもの、良くも悪くも、中二病欲だけはしっかり満たされている。

装束を身につけ、たすきで袖《そで》を束ね上げる。姿見の前に立って髪をポニーテールに結い上げると、浦彦が『凛々《りり》しいな』と褒《ほ》めてくれた。

『俺の奥さんはいつでも素晴らしかったが、おまえは、こういう格好は本当によく似合う。凜《りん》として、きれいだ』

思わずふふっと笑ってしまった。

「ありがとう。モテる神様は、さすがに言うことが違うわ」

『なんだそれは。俺は本気だ』

「知ってる。でも、わたしにそういうことを言いながら、夏希にも、わたしの友達にも『かわいいな』って言えんのも知ってる。……何代目の麻生姫のときか知らないけど、猨姫様とその子供はどうなったん？」

　環がきくと、浦彦は鼻白んだように一瞬黙った。

『……五代目だな。その二人は、美作の郷長《さとおさ》の妻と子として、しあわせに暮らしたはずだ。猨彦は美作の郷長にもなった』

「そう。麻生姫の取りなしが功を奏したというわけ」

『……』

　とうとう黙り込んでしまった浦彦に、環は噴き出した。こういう、時折彼がちらっと見せる人間っぽさが、環はとても好きだった。でも。

「しばらくわたしの中にいたから知ってると思うけど、今の時代は一人の夫に一人の妻で夫婦なんよ。わたしはそういう時代に生きとるけェ、正直、ああいうのはどうかと思う。けど、あなたたちの時代には、あなたたちの時代の決まりがあったこともわかる」

　生きている土台になる時代が違うのだ。それぞれのマイルールをぶつけあっても喧嘩《けんか》にしかならない。

『理解のある奥さんで助かる』と彼は言った。弱り切った声だった。やっぱり笑ってしまいながら、「わたしがオタクでよかったなぁ」と返す。古代の性的なおおらかさは、日本神話系ファンタジーでは常識だ。

「でも、わたし自身にからむことなら話は別。わたしは、わたしの時代のルールで生きとるけェ、ああいうのはだめ。結婚するなら、わたしだけ見ててくれる人じゃねェといやじゃ」

「……」

浦彦が再び黙り込んだ。玉依と——多くの麻生姫たちと環の話だと気付いたのかもしれなかった。

（ああ、自信過剰《かじょう》って思われてそう……）

本当は自分自身の中にいるという玉依姫にだって嫉妬《しっと》するのだとは言えなかった。環か玉依かどちらか一人を選べと言ったら、浦彦は迷わず玉依をとるだろう。それがはっきりわかっていたから。

吉備の国で、死んでは生まれてくる麻生姫を、ずっと愛し続けた浦彦。全員を愛していたのだという彼の気持ちを疑うつもりはないけれど、そこにはどうしたって優劣が生じただろうとも思う。人間なら当然のこと——それとも神様なら、全員を平等に愛せるのだろうか？

よその神様はともかく、浦彦には無理そうな気がした。なんとなくだけど、夢に見る大吉備津彦も、今環の中にいる浦彦も、とても人間くさくて、だからこそ魅力的だと思うのから――だからきっと、そういう人間的にだめなところもあるんだろう。

たくさんの麻生姫を愛して、同時に、たくさんの女の人と夫婦関係になった浦彦。たとえ魂の根っこが同じだとしても、その中の一人になるのはいやだ。でも、「他の誰よりも自分を一番に好きになって、自分だけを愛してほしい」なんて、そんな身の程知らずなわがままを、彼に要求するつもりもない。環だって、彼に惹《ひ》かれるこの気持ちが、本当に自分自身のものなのか、それとも自分の魂の中に息づいている、歴代の麻生姫たちの気持ちに流されているだけなのか、わからないのに。

「せェじゃけェ、簡単に『奥さん』とか言わんといてって言うとるんじゃ」

鏡に向かい、微笑《ほほえ》みかける。自分の中にいる浦彦に。

浦彦は黙って環の話を聞いていた。しばらく咀嚼《そしやく》するように黙り込み、それから静かな声で言った。

『わかった』

染み入るような声音で言われた一言が、どういう意味なのか、環にはわからない。「おまえの気持ちはわかった」まではいいとして、それに、「だが、無理だ」と続くのか、それとも、「おまえの気持ちにしたがおう」と続くのか。

本当はききたい、自分を選んでほしいと思う気持ちを、環は心の箱に押し込んだ。ここまで言ってしまってもまだ、自分の気持ちを伝えることには、あと一歩、踏み切れなかった。

『二之鳥居のすぐ内側にしよう』と浦彦は言った。魔を祓《はら》う儀式の場所だ。

神社の石段を上りながら、「本殿じゃなくてもええん？」と環はたずねた。

『あそこは、おまえの体に負担がありすぎる。二之鳥居の中……俺の力が届く範囲なら問題ない。ある程度広くて上が空いてるほうがやりやすいだろう』

「ふうん」と頷き、ふと思いついてたずねた。

「ねえ。これって、わたしがやるより、浦彦様が直接やったほうがええんじゃねェん？　わたしが寝てから体使ってやってもええよ？」

『いや』と浦彦は否定した。

『おまえがやるから、ちょうどいいんだ。俺の力はいろいろと直截《ちょくさい》的すぎる。人間のおまえがやるから見逃されることもあるんだ』

「はぁ……い、い、」

（見逃すって誰が？　何を？）

つい疑問を心で呟《つぶや》いてしまったが、返事はなかった。わけがわからないが、浦彦が言うならそうなんだろう。

今更だけど、ため息が漏《も》れた。この体、二人で酷使《こくし》しすぎな気がする。

「早いとこ、あなたの体を取り戻せるよう祈ってます。じゃないと、わたしの体がボロボロになりそう」

『そうだな』

会話を交わしながら、一礼して二之鳥居をくぐった。手水《ちょうず》で身を清め、拝殿《はいでん》で二礼・八拍手・一礼。

「御祭神様はわたしの中におんのに変な感じ」

『心強いだろう？』

そう言う浦彦の声音《こわね》にハッとした。抑えきれない、噴き上がる炎のような高揚《こうよう》が、浦彦の声には満ちていた。武者震いにも似た、ぞくぞくするものが環の背筋を這《は》い上がる。

『境内《けいだい》に人間《ひと》はいないな……。始めよう。矢はいらないから、地面にでも置いておけ』

めずらしく昂《たかぶ》っている浦彦に、うっかりすると環の気分まで引きずられそうだった。火薬に火が点く直前のような緊張感。直感的に「まずい」と思う。もしかしたら、巫女の本能なのかもしれない。

意識してゆっくりと、大きな深呼吸をひとつ。タイミングをずらしてたずねた。

「……もしかして、弦打《つるうち》をするの？」

『似たようなものだな。おまえの知っているやり方とは違うと思うが』

「ええぇ、ちょっと待ってよ……」

肯定されてしまった。目眩《めまい》がしそうだ。

弦打――別名を鳴弦《めいげん》ともいう。弓道《きゅうどう》における演武のひとつだ。矢をつがえずに弓を引き、弦を打ち鳴らす音で魔を祓《はら》う。宮中や神社での儀式、時には弓道大会の開会式や弓道場のこけら落としなどでも披露される。が。

「弦打の真似事《まねごと》をやったなんてバレたら、おばあちゃんにすんげェ怒られる……」

普通、環のような低段者は、演武のたぐいはまずやらない。弦打なんて、環も一、二度、見たことがあるかないかだ。

だが、だからといって、やめる気はなかった。やるなら本気でやるしかない。諦めの境地で矢筒《やづつ》を置く。

『やり方は簡単だ。四方の空と地に向けて、二回ずつ弓を引く。まず、南の空に向けて一射』

浦彦の教える手順は、環が知っているそれよりずっとシンプルで素朴《そぼく》だった。おそらく、平安時代に儀式として体系化される以前、神代にはこういう手順だったのだろう。

「……」

眼下に広がる吉備の平野を見晴るかし、はやる気持ちを平らにならした。

目を閉じ、もうひとつ深呼吸。冬の空気がすうっと肺に入り込み、体の内側に染み込んでいく。浦彦が火を点けた高揚感の上に、薄く理性の氷が張る。美しくはりつめた気持ちで目を見開いた。大地を踏みしめ、呼吸を整える。冴え冴えと星のまたたく空に向かって弓を引いた。

ぎりぎりまで弓を引き分けたときだった。

「！」

ひゅるっと手元に黄金の炎が巻き起こり、環の顔を明るく照らした。環があっと驚く間に、炎は棒状に収斂《しゅうれん》していく。

『神の矢だ』

カシュッと鋭い擦過音《さつかおん》とともにそれが環の手を離れ、パッと暗闇を切り裂いた。おそろしくも美しい、神の火矢。

『次は地に向けて一射』

言われるまま、今度は足元に向けて弓を引く。やはり神の矢が現れて、環の足元を強く打った。パッと地面に火の粉が散る。

「すごいわ……！」

震える声で呟いた。今まさに、この手で神の奇跡を起こしているのだ。自分がいよいよ「普通の人間」からかけ離れていくのがわかる。そこには万能感はなく、今にも足元がくずれ落ちそうなそらおそろしさだけがあった。手のひらが汗で滑る。弓手《ゆんで》が震える。

『しっかりしろ。いけるか？』

「——はい」

『よし。なら、どんどん行くぞ。空と地に、交互に一射』

「はい！」

浦彦は止まることを許してくれない。環もそれにしたがった。

『次は北を向いて、空と地に交互に二射』

環が弓を引くたびに、空を切り裂き、地を揺らして御神矢が飛ぶ。闇夜を照らす炎はやがて、その中にうごめく影を浮かび上がらせた。

（……鳥……？）

この闇夜に？　鳥らしき羽音も聞こえない。だが、闇よりもさらに濃い闇色をした雲のような何かが頭上をただよい、内包する複数の目で、ギラギラとこちらをうかがっている。

『鳥ではないな』

高揚に浮かされたような、どこか恍惚《こうこつ》とした声音で浦彦が言った。その声には、微笑さえ含まれているようだった。

「じゃあ、あれは何？」

『おまえがどうにかしたいと言ったモノ。小さな土地神たちのなれの果てだ』

「ええ……あれも神様なの⁉」

環はうごめく闇に目を凝《こ》らした。

『元神だ。拠るべき大地も、人々の信仰も失った、弱く憐《あわ》れな荒ぶる神だよ』

透徹としたかなしみをたたえた声で言い、浦彦は一瞬沈黙した。まるで何かを悼《いた》むように。

それから、振り切るように凜《りん》と声を張る。

『右へ九十度。東の空と地に交互に二射』

パァンと、火矢が地を叩いた。積み重ねてきた射のぶん、地に散らばった火の粉の熾火《おきび》がいっせいに耀《かがや》き、地に這《は》う異形《いぎょう》をあらわにする。

「ヒ……ッ」と、思わず喉《のど》が鳴った。ぞろぞろと地面を埋め尽くしているのは、犬ほどもある大きな蜘蛛《くも》の群れだった。「ギャーッ」と思わず悲鳴を上げた。

「ちょっと、ちょっと何これ⁉　これも元神様なの⁉」

『そうだ。しっかりしろ。止めたらだめだ。食われるぞ』

「無理無理無理無理、蜘蛛大っ嫌い‼」

『ここを動かなければ安全だ。ほら、次。西を向いて、空と地に交互に二射』

容赦《ようしゃ》なく続く指示に泣きそうになる。どこにこんなスパルタな一面を隠していたのかと恨めしく思いながらも、言われるままに弓を引いた。大蜘蛛たちは、地に散り敷いた熾火の環を取り囲むようにうごめいている。神矢から散った火の粉をおそれているようでもあった。

「ねえ、これ、あそこから中には入ってこない？」

『来ない来ない。安心して続けろ』

「言い方が軽いんじゃ！」

空に放つあいだには、地の蜘蛛が今にも押し寄せてくるのではないかと不安になり、地に放つあいだには、闇の雲が迫ってくるのではないかと気が気でない。それでもなんとかすべて引き終える。

『最後に、天に向けて一射』

真上に向けて矢を放つなんて尋常《じんじょう》じゃない。矢だけでも危険だというのに、その上、火矢ときている。でも。

（……いいわ。浦彦様の炎じゃもの）

――わたしの火は国の人々を焼くことはない。

夢に見た、彼の言葉を反芻《はんすう》し、心を決めた。天に向かって弓を引く。カシッと鋭い弦音《つるね》とともに御神矢が天を貫き、火の粉が雨と降り注いだ。まるで大きな火の粉の傘。花火の爆発を間近で見ているようだ。でも、確かに熱くはない。浦彦に守られていると強く感じる。

だが、それは元神だという異形のモノたちにとっては、地獄の業火にも等しいようだった。

火の粉を浴びると、聞くにたえない悲鳴を上げ、空の雲も地の蜘蛛も四散した。弱いものは見る間に炎に巻かれ、強いものは最後の抵抗とばかりに環に向かって牙を剝《む》く。

とっさに足元に置いていた矢筒を手に取った。三本の矢を右手に取り、立て続けに三射。次の矢を取ろうとしゃがんだところへ空から黒雲が襲ってくる。

「――ッ!!」

思わず目を閉じ、手をかざした。瞬間、目蓋《まぶた》の向こうがパァッと明るくなる。

「……あ……！」

おそるおそる目を開け、呆然《ぼうぜん》とした。環を中心に、地面に散り敷いた火の粉から逆巻く黄金色の炎が立ちのぼり、迫り来る黒い影を焼き尽くしている。黄金の炎は、まるでそれ自体が意思をもった生きもののようだった。力強く、美しく、環を守る、神の炎。

「……浦彦様……」

『おまえを守ると誓っただろう』

燃えさかる炎を思わせる、凄《すご》みのある声で浦彦が言った。

「……言っとったね。有言実行、格好いいです」

『おまえの望みは叶えてやりたい。おまえのことは守ってやりたい。おまえが好きなんだ。当然の気持ちだと思うが？』

「そんな人、今はなかなかいないんと違う？」

こんな場面だけれど、いいなと思った。「心から愛される」って、きっとこういうことを言うのだ。玉依が羨《うらや》ましい。

（本当、めちゃめちゃいい旦那様《だんなさま》じゃない）

『おまえのものだ』

（そうじゃなぁ。本当に、そうだったらよかったのに……）

『……おい？』

彼の不審そうな声で気付いた。体も心も激しく消耗《しょうもう》している。思わず心の声を漏《も》らしてしまったのにも気付かないほど。なんだかふわふわして、思考がとりとめなくなってきていた。

「……っ」

自覚したらもう我慢できなかった。がくりとその場に膝をつく。

『おい⁉　どうした！』

「うるさい……怒鳴らんといてよ。頭に響く……」

肩で大きく息をしながら、うろたえて叫ぶ浦彦の大声に顔をしかめた。胸元のペンダントを握り締める。

「浦彦様……、わたしが意識を失っても、体は使える……？」

『何を言ってるんだ！　しっかりしろ！』

「ごめん……ちょっと体お願い。……無理」

『環！』

彼が名を呼んだ瞬間、傾いて倒れかけた体の主導権が彼に移ったのがわかった。

（ああ、だから……）

だから、彼は環の名を呼ばなかったのだ。いつも「おまえ」だとか、「吾妹《わぎも》」だとか、

「奥さん」だとかばかり言って。冗談みたいに呼んでいたけど、それは、環から体を奪わないため。環の人間性を尊重するためだったのだ。無意識に気にしていたことと、その理由、一度に両方に気付いた。

でも、もうだめ。

「環！」

浦彦の意志で発される自分の声を聞きながら、意識がどんどん薄れていく。

——いつもそうやって呼んでくれたらうれしいのに。

そう考えたことが、彼に伝わったのかどうかは、環にもわからなかった。

❖

夢を見た。

その夜の饗宴《きょうえん》は、常にない緊張感に包まれていた。

吉備の国津神《くにつかみ》、大吉備津彦の正面には、異国の男が座している。がっしりとした体型に、面長《おもなが》の角張った顔。紐《ひも》で装飾した上げ美豆良《みずら》。だが、腕力だけの男ではないことは、一重《ひとえ》の目元の理知的な光と、美しい大和《やまと》言葉を聞けばわかった。大和の支配者——「大王《おおきみ》」の使者を名乗っているが、美豆良の大きさや、供を二人も連れてきたところを見ても、おそらく王子、あるいはかなりの高官だ。

「たびたびのお運び、痛み入る。ようこそいらっしゃった。歓迎しよう」

大吉備津彦の、威圧と皮肉を込めた一言で宴《うたげ》は始まった。

「行きましょう」

緊張に白い顔をしている和琴《わごん》の弾き手に声をかけ、阿曾《あそ》は部屋に踏み込んだ。白い衣を身にまとい、豊かな黒髪を背に垂らして、玉鬘《たまかずら》を着けた格好だ。一歩、歩みを進めるごとに、しゃらしゃらと玉鬘が音を立てる。

客人《まろうど》の前まで進み出ると、阿曾は伏し目がちにひざまずいた。朱に染めた唇をおもむろに開く。

この御酒《みき》は　我が御酒ならず　岩立たす　少御《すくなみ》神《かみ》の　豊壽《ほ》き　壽きもとおし　神壽き
壽きくるおし　献《まつ》り来《こ》し御酒ぞ　残《あ》さず飲《お》せ　ささ

古くから伝わる献杯の歌とともに盃《さかずき》を差し出すと、客人は返礼の歌とともにそれを受け取った。

この御酒を　醸《か》みけん人は　その鼓《つづみ》　臼《うす》に立てて　歌いつつ　醸みけれかも　舞いつつ
醸みけれかも　この御酒の　御酒の　あやに　うた楽《だぬ》し　ささ

吉備津の宮中に響きわたる朗々とした声で歌い、盃を干す。堂々とした立派な作法《さほう》は、彼《か》の国の文化水準の高さも示していた。

彼の国の使者が吉備津の宮を訪れるのは、これでもう七度目だ。

初めの使いは先代の麻生姫のときだったので、阿曾は実際のところを知らない。だが、そのときはまだ、「大和の国津神」から「吉備の国津神」への対等な挨拶《あいさつ》だったと聞いている。それが、二度、三度と使いを交わすたび、次第に高圧的な態度へと変わってきた。このほどに至っては、「大和の大王」から「吉備の王《きみ》」へ、「親しき志《こころざし》をもって」その支配下へ名を連ねることを許すという書状を寄越してきたのである。

（交渉によってことを運んでいるうちに彼の国に下らねば、武力をもって従わせるということね）

野蛮《やばん》なこと、という侮蔑《ぶべつ》を、艶《あで》やかに朱を刷いた目元に込め、阿曾は客人を正面から見据えた。

大和の五十狭芹彦《いさせりひこ》と名乗った男は、阿曾の顔をじっと見返し、それから阿曾の左手首へと視線を走らせた。阿曾を麻生姫たらしめる、白い環のあるところだ。

「吉備の国津神には、代々妻として仕える巫女がいると聞いた。あなたのことか」

臆せず答えた。

「いかにも、わたくしが今の麻生姫にございます」

「歌舞をよくなさると聞いた。たしかに美しい歌声だった」

阿曾を上から見下ろしてものを言う。その褒《ほ》め言葉に、その場にいた吉備の者たち全員が色めき立つ。

視線を一巡させることでそれらを黙らせ、阿曾はうっすらと凄艶《せいえん》な笑みを浮かべた。

初代から連綿《れんめん》と受け継いできた記憶と、玉依、玉振《たまふり》の力。それらはすべて、吉備の国とその人々と、それらを統べる大吉備津彦のためのものだ。

「よろしければ、舞も御覧にかけましょう」

――そして神をも魅了する舞に、戦意を失ってしまえばいい。

鉄の大太刀《おおたち》をふるうのが男の闘い方だというならば、歌声と舞で味方を鼓舞し、敵の戦意を削《そ》ぐことが、女の阿曾の守り方だった。

5・温羅《うら》

「環《たまき》、なんか最近雰囲気《ふんいき》変わった？」

そう言われた。部活帰り、友達三人と立ち寄ったコンビニで、一緒に肉まんを食べていたときだった。

先日の弦打《つるうち》以来、群発地震もピタリと収まり、平和な日々が戻ってきている。弦打の夜から一両日、環の意識は眠り続け、また一日学校を休むことになったが、その間は、浦彦《うらひこ》が責任をもって体を見ていてくれた。めずらしく外にも行かず——どころか、ベッドから起き上がることすらせず、ひたすら静養に努めてくれたおかげで、翌々日の朝にはスッキリと目が覚めた。浦彦は、環に無理をさせてしまったと反省しきりの様子だが、環はもう気にしていない。彼は約束どおり環を守ってくれた。この吉備《きび》から不安も取り除いてくれた。おかげでこうして、平和に寄り道なんかができるわけで。

「あっ。それ、わたしも思っとった！　オタクっぽくなくなったよね！」

力強く同意され、環は思わず苦笑いした。

オタク女性の皆が皆、環のようにわかりやすく外見をおろそかにしているわけではないのだが、世間の目は総じて十把一絡《じっぱひとから》げだ。二・五次元ミュージカルを見に行くと、この人オタク（?）と驚くようなきれいな人たちがいっぱいいるのだけど。自分のようなわかりやすいオタクがいるせいで、世の隠れオタクのお姉様方ご迷惑おかけしてすみません、という心境だ。

「なんじゃろ？　眉《まゆ》とリップはわかるんじゃけど、なんか全体的に変わったような……」

そろって顔をのぞき込まれ、環はたじたじと笑ってごまかした。

「それ、たぶん全部妹のおかげ。最近、眉剃《そ》ってくれたり、ムダ毛処理のやりかた教えてくれたり、ブラとかリップとか髪のトリートメント選んでくれたりしてるから……」

白状したら、思いっきり噴き出された。……まあ、言いたいことはわかる。

「夏希《なつき》ちゃんだっけ？　今時の中学生ってすんげェなー。末恐ろしいわ」

「えー、でも眉くらい、中学んときでもやっとらんかった？」

「やってたやってた。やっぱ環が特殊なんじゃゃわ」

二人がキャアキャア騒いでいる横で、仲間で一番落ち着いている一人がポツリと言った。

「まあ、それもそうなんじゃけど。でも、言動とか、雰囲気とか……見た目以外も、最近一気に大人っぽくなったよね」

「……そう？」

自覚がないので驚いた。いつも物静かなのだけど、口を開けば物事の核心をズバリと衝《つ》くような子に言われたから余計に。

「うん」と頷《うなず》いた彼女に、他の二人も同意した。

「あー、わかる！」

「わかるわかる。しぐさとか言うことがちょっと大人の女っぽくなった！」

——で、こういう話題になったからには、次に飛んでくる質問は決まっている。

「なあ、もしかして彼氏できたん？」

「ええぇ、環にかぎって！」

「違います」

彼氏すっとばして、自称「夫」ならできたけど。

答えながら、なんかこういう会話、ちょっと前にしたなと思う。あのときは夏希相手だったけど。

「まあ、ウチらに相談も報告もなしに、環に彼氏できたら、わたし傷ついちゃうけどねー」

「ていうか、無理でしょ。環の性格じゃ、絶対ばれるって」

好き勝手言われている。環の中で聞いている浦彦が、我慢できないというふうに、くつくつ笑っているのがいたたまれない。環は小さくため息をついた。仮にも好きな人の目の前で恥ずかしい。

——と、さっきの鋭い彼女が、やっぱり今度もポツリと言った。

「でも、好きな人はできたんじゃない？」

ぎくりとした。他の子たちもふざけるのをやめ、「どうなん？」と興味津々《しんしん》で環を見ている。

「——……」

今までなら、環が「おらんって」と否定して終わりになる会話だった。今だって適当にごまかせばいい話だ。でも今日はなんとなく、否定するのには抵抗があった。話してみてもいいかと思った——正直に言うと、話してみたくなったのだ。

浦彦との魂の同居が長くなれば長くなるほど、環の中の恋心はよりはっきりと色づいて、いつしか自分の気持ちに対する疑念は薄れてきていた。

何度も浦彦のやさしさに接して——あの大蜘蛛《おおぐも》の大群は今でも悪夢だったと思いたいくらいだけど——助けてもらって、穏やかな彼のやさしさや人間くささ、なにより頼りになる度量の深さに、どうしようもなく惹《ひ》かれてしまったというのがひとつ。

最初は、その恋愛感情さえも他人に——玉依《たまより》に影響され、振り回されているだけではないのかと考えていたけれど、毎晩のように夢で浦彦と麻生《あそ》姫たちの記憶をたどってきて、彼らの愛情を見せつけられて……歴代の麻生姫たちが皆、浦彦に対する自分の気持ち、自分に対する浦彦の愛情を疑わず、素直に愛し愛され満たされた人生を送っていたことを知って、自分だけが意地を張っているのがもったいなく思えてきたのがひとつ。

浦彦のことが好きだと思った。たとえ、それが古代から連綿と続く麻生姫の魂に刻まれた宿命なのだとしても。浦彦が環に向ける感情は、やっぱりどうしても環自身に向けられているとは思えないのだけど、それでも、環は浦彦を好きなのだ。

そう思えるようになったら、女子高生らしく、自分の好きな人について、友達に話してみたくなったのだった。

オタクで、妄想家で、架空のキャラクターのほうが好きで、十六まで現実に好きな人もいなかったけど——というか、浦彦だって、未だに自分の妄想の産物じゃないかと疑いたくなるくらいだけど、でも、夢小説を愛読するくらいには、環も恋愛に興味はあったのだ。

環はひとつ咳払《せきばら》いした。それからゆっくり深呼吸して、胸元のペンダントを服の上からぎゅっと握った。胸の内の秘密の箱を開ける、鍵のように。

「……できたよ。好きな人」

浦彦のくすくす笑いがピタリと止まった。

ふふっと、思わず笑ってしまう。好きな人の目の前で、好きな人の話をしている。こんなかたちでしか気持ちを伝えられない、臆病な自分がなさけないけど、どうかあきれずに聞いてほしい。

「えー誰⁉　うちの部長⁉」

「うっそじゃーー⁉　部長、こないだ副部長とキスしとったじゃん！」

「えっ、それいつよ⁉　どこで⁉」

「部活始まる前に、的場《まとば》の裏で」

「えー！」

「……っていうか、環？」

あまりの騒がしさに、コンビニに出入りする人たちが皆環たちを振り返っていく。

環はいやいやと胸の前で両手を振った。

「部長じゃないから安心して」

「えーじゃあ、誰よ？　環のクラスの大原《おおはら》くん？」

「あれは単なるオタク仲間」

「数学の河合《かわい》」

「ふつーに好きじゃけど、先生、妻子持ちじゃろ」

ついでに、そろそろ具体名を挙げるのはやめてほしい。環の中の浦彦が、名前が挙がった男全員殺しそうな雰囲気を出してきている。

困ったなぁと思っていたら、彼女たちの一人が言った。

「じゃあ、もしかして、うちらの知らん幼馴染《おさななじみ》みでもおった？」

たぶん、冗談だったのだと思うけど、考えてみればそれがいちばん近いかもしれない。

最初から、外的要因で相手が決まっていた、という意味では。

だから、「似たようなもんかな」と答えた。三人が黄色い悲鳴を上げる。環は続けた。

「幼馴染みじゃないけどね。許嫁《いいなずけ》みたいなもん」

「いっ……？」

「許嫁⁉」

「え……冗談じゃなくて？　そんなん、現代日本に残っとったん？」

聞き慣れない単語に呆然《ぼうぜん》とする友人たちに苦笑する。やっぱり、これが普通の反応だよなと思った。

「そうなんよー。しかも、わたしが生まれる前から決まってたんだって。今時、就職も結婚も家都合とか笑えるでしょ」

「えー……」

皆一様に微妙な顔だ。心配そうな、気の毒そうな。

「環んち、前から普通じゃないと思っとったけど、マジで普通じゃなかったわ……」

「環はさぁ、それでええん？　いやならいやって、ちゃんと断らんといけんよ」

気遣いにあふれた言葉に、「うん」と頷いた。

言ってみてよかったと思った。ずっと胸の中に抱いてきた反発が、一般的な女子高生として普通の反応だと確かめられただけでもホッとする。

唇に浮かべた笑みが、少しゆがんだ。

「もちろん、わたしもずっと抵抗あってさぁ……。弓道場《きゅうどうじょう》とか神社の仕事はね、特にやりたいこともないわたしにはちょうどいいかなって思ってたけど、許嫁のほうはね……。さいわい、相手のヒトは、わたしのこと好き好き言ってくれてるし、博愛主義なヒトだから、結婚したらわたしのことも大事にしてくれると思う。けど、そんなん、生まれる前から結婚が決まってた相手に言われても、正直どこ見て言ってんの？　決まってたからそう思ってるだけじゃないの？　って思うし……思うでしょ？」

うんうん、と三人が首を縦に振る。よかった。自分が変なわけじゃなかった。

「……だいたいその人、元々別に好きな人いたみたいだし、」

「え……」

「わたしはその人の身代わりらしいし、」

「ええぇ？　ちょっと、何それ、ひどすぎん⁉」

「環、ほんとにそんなやつでいいの⁉」

「うん。……でも、他の人にも愛想良くしてるの見ると、わたしだけが特別に好きなわけじゃねェよなーって思うし、思ったらへこむし……。でも、へこむってことはわたし、それだけそのヒトのことが好きなんじゃなーと思って……。そんなだから、しばらく相手にはバレないようにしとったんじゃけど、好きなのにそんなん、つらいじゃん……？」

言っているうちに、なんだか本当につらくなってきてしまった。昂《たかぶ》った気持ちが涙になって、ぽろりと眦《まなじり》からこぼれ落ちる。

「環」

「環ぃ……」

三人とも、心配そうに環の肩を撫《な》でたり、頭を撫でたりしてくれた。冷え込む夜でも、友達とくっつくとあったかい。ふへっと、なさけない笑いが漏《も》れる。

やさしくされると、かえって泣けてくるのはなんでだろう。友達に甘えて、環はそのまましょっと泣いた。涙の伝う跡が冷たい。十二月の気の早い太陽も落ちた夜。寒いのに、三人はずっと環の背中を撫でたり、店でココアを買ってきたりしてなぐさめてくれた。うれしかった。

「……ありがと」

涙が止まってから環が言うと、皆「ううん」と首を振った。

「ええって。そんなん、つらいに決まっとるわ」

「環、大変すぎるのにいっつも茶化しとってごめん。大丈夫？」

「うん」と頷く。「大丈夫」。涙と一緒につらいことを吐き出さえてもらえたせいか、今はそう思えたから。

二十一世紀の現代社会で、ちょっと「普通」から外れた家で育って、全然「普通」じゃない恋をした。

浦彦のことを好きになって、その彼から身代わりみたいに愛されて、今でも苦しいのは本当。でも一方で、巫女《みこ》として、仮にも彼の「奥さん」でいられることをうれしく思わなかったわけじゃない。彼の「妻」になったことで、家都合で習ってきた弓も、偶然だけど役に立てられた。

弓をするのも、巫女になったのも、なりゆきに流されただけだった。自分が何をしたいのか、何になりたいのか、わからなかった。でも今は、自分が選んで、したくて、こうしているのだと思える。浦彦に出会って、恋をして、つらいことも確かにあるけれど、うれしいことや、良い意味での気持ちの変化もたくさんあったのだ。

浦彦はさっきから沈黙したままだ。環の気持ちを聞いてどう思っているのだろう。彼のことが好きだと環が言ったのだから、何か反応があるかと思ったのに。気になるけれど、自分からきく勇気はない。

代わりに友達が言ってくれた。

「なあ。その人、今は環のこと好きって言うてくれるんじゃろ?」

「うん」

「じゃあ、ほんとに好きなんかもしれんよ。環が、その人のこと、ほんとに好きになったみたいに」

「……うん」と答えた。

そうだったらいいなと思った。

❖

夢を見た。

あたりは一面の赤だった。

空を真っ赤に染める炎。川を真っ赤に染めるおびただしい血――。

「終わりじゃ……」と誰かが呻《うめ》いた。「吉備の国はもう終わりじゃ」。悲痛なすすり泣きが砦《とりで》にこだまする。

大和《やまと》の軍がこの地に攻め入ってきたのは、数日前のことだった。先日の使者を丁重にもてなした上で、返事を持たせず追い返した、その翌日。大和の大軍は加古川《かこがわ》を越え、播磨《はりま》から吉備へと侵攻した。

国津神《くにつかみ》、大吉備津彦《おおきびつひこ》ですら、戦《いくさ》になるにしてもあと数日はかかるだろうと踏んでいた。その予想を裏切って、はるかに早い行動に、吉備の中枢《ちゅうすう》は混乱した。

人々をかくまい、闘うには、中山《なかやま》にある吉備津の宮では心許《こころもと》ない。内海の孤島は、周囲の海路を押さえられてしまえば、とたんに孤立させられるからだ。

浦彦は、人々を率《ひき》いて、たたら場の背にある山に立てこもった。かつて出雲《いずも》が大和の支配に下ったとき、いずれ必要になるだろうと築かせた古い山城がそこにある。

大和の軍が吉備の中枢まで進み、中山に陣を敷いたとき、浦彦は初めて、この侵攻の早さの理由を知った。

「……五十狭芹彦《いさせりひこ》……！」

ついこの間、裸で追い返したばかりのあの使者が、大和軍の先頭で白馬に跨《また》がっていたのだ。彼を殺さずに帰した自分の甘さを、浦彦は心の底から悔《く》い、呪った。

吉備軍と大和軍の戦いは、七日七晩に至った。偉大なる国津神、大吉備津彦と、「真金《まかね》吹く吉備」と謳《うた》われる鉄《まかね》の武具をもってしても、大和は強大な敵だった。高天原《たかまがはら》の神々の加護の下、出雲の鉄の武具をそろえた大和の兵は、吉備兵と互角に闘った。加えて、大和の軍は、どこの国のものともつかない、異形《いぎょう》の力を使役《しえき》する者たちをしたがえていた。それらは、山犬を走らせ、あるいは鷲《わし》や鷹《たか》をけしかけて、吉備兵のみならず郷《さと》の人々を襲わせた。

多くの民を守りながらの闘いで、吉備の軍は次第に劣勢に陥《おちい》った、残るはここ、山城に立てこもった人々だけだ。かつての豊穣《ほうじょう》の大地は血で染まり、その上を赤い炎が舐《な》める。大吉備津彦の聖なる黄金の炎とは似ても似付かぬ、野蛮《やばん》で禍々《まがまが》しい炎だった。

「まつろわぬ吉備の鬼どもよ！」

八日目の朝。吉備の中山から、聞き覚えのある大音声《だいおんじょう》が発せられた。

「われは高天原にいます天津神《あまつかみ》の子、大和の大王の息子、五十狭芹彦命《のみこと》である。父の命にてこの地を救うために来た。われこそ正しき大吉備津彦であると認めて国を譲《ゆず》れ。さすれば、この地に正しき豊穣《ほうじょう》をさずけよう！」

山城の中は静まりかえった。

誰も、一言も発さなかった。正しくは、発せなかったのだ。はるかに離れた吉備の中山から響いてくる声だけで、人々をねじ伏せ、したがわせるだけの力を、五十狭芹彦はもっていた。浦彦も、阿曾《あそ》も、人々も皆、天津神の力の強大なることを痛感した。

「わたしが行こう」と浦彦は言った。中山の吉備津の宮で日々を暮らしていたときと同じ、静かで穏やかな表情だった。

「国譲りはわたしにしかできぬ。国津神としての最後の仕事だ」

「なりません！」と阿曾は叫んだ。

「この国は吉備の国。大吉備津彦様の統《す》べる国。あのような侵略者どもに譲ってはなりません！　それこそ蹂躙《じゅうりん》し尽くされてしまう……」

言いながら、それでも、最後にはそうなるのだろうと阿曾にはわかっていた。

浦彦が国譲りに出向けば、ここにいる人々の命くらいは守られるかもしれない。だが、大和に譲るにせよ、攻め取られるにせよ、この吉備はもうこれまでの吉備ではなくなるのだ――。

「そうです。なりません」

「行かれてはいけません」

「やつらに殺されてしまいます」

「どうか行かないでください」

阿曾の言葉を皮切りに、人々も口々に懇願《こんがん》した。だが、浦彦の心は変わらなかった。

「わたしは大吉備津彦。この吉備の国の国津神。吉備の国を守る者だ」

この国をこれ以上壊されないように、守るために、行かせてくれと彼は言った。山城じゅうに悲泣《ひきゅう》の声が広がった。

しらじらとした朝の光の中、浦彦は山を下っていった。

郷まで出たとき、中山から矢が飛んできた。はるかな距離をものともせず飛ぶ、明らかに神力の通った矢であった。

ごうごうと飛ぶ矢に向かい、浦彦は足元の石を拾い上げて投げた。それらが空でぶつかりあい、激しい雷鳴があたりにとどろく。矢と石は地に落ちて、吉備の大地を震わせた。

中山から悲鳴が上がった。

「卑怯《ひきょう》だぞ！」

「浦彦様は国譲りに向かわれたのに、なぜ矢を射《い》かける！」

固唾《かたず》を呑《の》んで見守っていた郷の人々からも、次々に非難の声が上がる。

二本、三本と射かけられた矢を、浦彦はすべて石で撃ち落とした。

「さすが大神さまじゃ」

人々のあいだに、ほっと安堵《あんど》の空気がただよったとき、中山から二本の矢が飛んできた。

浦彦はその一本を撃ち落とした。

だが、もう一本の矢は石に阻《はば》まれることなく、まっすぐに飛び、彼の首を射落とした。

刎《は》ね跳んだ彼の頭を追いかけて、うるわしい下げ美豆良《みずら》が宙にたなびく。

「イヤ――――!!」

阿曾は絶叫した。

❖

絶叫に目が覚めた。一瞬、自分が誰なのかわからなかった。環の意識を叩き起こしたのは、環自身の声だった。泣き濡れた頰《ほお》が冷たい。一瞬前まで全身を満たしていた絶望感が、まだ足を、手先を、震わせている。

あたりを見回す。あの山城ではなかった。真っ暗で何も見えないけれど、別の場所だ。

あたりは掘り起こしたばかりの土の匂《にお》いに満ちており、手の中には布にくるんだ何か重たいものを抱えていた。

（ここどこ……⁉）

ショック状態からいきなりわけのわからない状況に放り出され、環は混乱した。自分は昨夜、確かにベッドで寝たはずだ。それなのにまったく違うところで目が覚めた。呆然《ぼうぜん》と立ち尽くす環の耳元で、浦彦の声が叫んだ。

『走れ！』

「えっ？」と慌ててきき返す。「走るって、どこへ⁉」

『麻生《あそう》神社だ！　早く！　表に自転車を駐めてある！　手の中のものを絶対に落とすなよ！』

「……っ」

鋭い声に突き動かされ、まろぶように走り出した。少しでも明るい灯りのあるほうへ——走っているうちに、あたりの様子がわかってくる。自分がどこにいるのか気付いて、環は思わず足を止めそうになった。

中山の吉備津の宮——吉備津神社。その外れの御釜殿《おかまでん》だ。

「ちょっと、なんでこんなところにいるの……っ⁉」

悲鳴のような大声で叫ぶ。

浦彦はこの宮を追われ、山城で——思えばあれは「鬼ノ城」だ。麻生神社の更に奥手にある、今では誰が築いたともわからない謎の古代山城。その麓《ふもと》で、非業の死を遂《と》げたのではなかったのか。

『説明はあとだ。いいから走れ！』

浦彦の声は切迫している。危険が差し迫っているのだと理解して、環は泣きそうになった。

「なんなのよ、もう！　迷惑かけないって言ったくせに！　何か企《たくら》むなら自分でやってよ！　わたしを巻き込まないで！」

わめきながらも自分の自転車が駐められているのを見つけて駆け寄る。自転車のカゴに抱えていたものをゴロリと下ろすと、外側をくるんでいた布がずれ、中身がのぞいた。

「……っ」

ヒュッと喉《のど》が鳴る。それはどう見ても人骨だった。土に汚れた頭蓋骨《ずがいこつ》。しかも眩《まぶ》しいほど真っ白な——まるでさっきまで生きていたみたいな。

ふうっと意識が遠のきかけた。もう、気を失えるものなら失ってしまいたい。浦彦がやるならやればいい。自分は知らない。そう逃げだしてしまいたいのに、人間、思ったようにうまくは気絶できないらしい。

「……犯罪はいけんて言うたじゃろ……」

がくがくと手足が震え、自転車を倒してしまった。浦彦が『落ち着け』と囁《ささや》いたが、これで落ち着いていられるわけがない。おそろしくてしょうがなかった。体を使っていたのは浦彦でも、やった体は環のものだ。

「ねえ、なんで人、殺したりしたん？　わたし、捕まるん？　これ、いったい、どこの誰なん……！」

『頼むから少し落ち着いてくれ。誰も殺したりしていない。それは俺だ』

「ええ……？」

『神代に殺され、五十狭芹彦に奪われた、正真正銘《しょうしんしょうめい》俺の首だ。おまえももう知っているだろう』

「……」

言われて、確かに自分がもう既にすべて知っていることに環は気付いた。

射落とされた浦彦の首は持ち去られ、野辺《のべ》に無惨《むざん》に晒《さら》された。はぐくみ、いつくしんだ吉備を荒らされ、力尽くで奪われた。和平を受け入れず、命を奪い、さらには遺体を辱《はずかし》めた。

浦彦の怨念《おんねん》は凄《すさ》まじかった。かつての国津神は苛烈《かれつ》な荒ぶる神となり、首は白骨化してなお呪詛《じゅそ》の叫びを上げ続けた。

浦彦を慕《した》った吉備の人々は、その声を聞くたびに、反旗を翻《ひるがえ》すときを待った。

だが、五十狭芹彦――「大吉備津彦」の名を奪って名乗り、吉備津の宮を占領し、新たにこの地の統治者に収まった天津神は周到だった。大和から連れてきた臣下たちは積極的に吉備の人々と交わり、次第に生活に溶け込んだ。そうして、一方で吉備の人々を見張ったのだ。ある意味では、五十狭芹彦は非常に優秀な統治者だった。

雌伏《しふく》のときが何年も、何代も続けば、かつての畏敬《いけい》の念も薄れ、人々もやがて髑髏《されこうべ》のまま叫び続ける浦彦を悪神として恐れるようになる。

あるとき、五十狭芹彦は悪神、温羅《うら》を鎮《しず》めるとして、野ざらしにしていた彼の髑髏を吉備津の宮へと運んだ。

吉備津の宮の地下深くに浦彦の首を埋めて自らの監視下に置き、その上に小さな社《やしろ》を建てて重石《おもし》とした。かつての麻生の郷から女を召し上げ、温羅の首の世話をさせる――今の御釜殿のはじまりである。「鎮める」と言えば聞こえはいいが、麻生の女は体《てい》のいい人質だ。実質的には、いつまでも怨念《おんねん》を収めない浦彦に辟易《へきえき》しての強硬手段だった。

そうして何千年も、浦彦は愛した吉備の人々に「悪神」「悪鬼」と呼ばれ、奪われたかつての住まいの地下で、五十狭芹彦を、天津神を怨《うら》みながら、復讐《ふくしゅう》の時を待っていたのだ。

再びこの吉備の地を、天津神の支配下から奪い返し、自らの手で治めるために――。


「――っ」

怒濤《どとう》のように流れ込んできた情報に、環は呻《うめ》いた。

麻生神社は、吉備の人々とともに彼の体を葬《ほうむ》った場所。悪鬼温羅が、正しく神として扱われる最後の砦。わずかな麻生の郷の生き残りたちは、この地でずっと息を潜め、彼らの大神を守ってきたのだ。

――そして現代。麻生姫のしるしをもつ環が、彼を呼び起こした。

『わかっただろう？　俺は俺の首を取り返しただけだ。罪にはならない』

「いやいやいや、なる……なるじゃろ……？　吉備津神社、今、国宝なんで？　御釜殿だって重要文化財じゃし、勝手に掘り返してええわけねェじゃろ！」

『だが、現世のおまえたちはもう、ここに本当に温羅の首が埋まっているなどとは信じてはいない。無いものを奪っても罪にはならない。せいぜい、掘った土を埋め戻させられるくらいのものだ。それより、早く逃げてくれ』

「……っ、もう、ばか！」

最後、厳しく命じられ、環はよろめきながらも自転車を起こした。ごろりとカゴの中で転がる髑髏から目をそらす。浦彦にとっては乗り心地最悪だろうが、正直、触りたくない。いくら好きな人のものでも無理だ。

自転車をこぎ出しながらたずねた。

「どうして、逃げんといけんの？　これ、うちに持って帰ってどうするん」

『体を取り戻すと言っただろう』と浦彦は答えた。『骨を集めて、復活する。この吉備に、再び繁栄《はんえい》をもたらすために』

必要ないと思った。だが、言えなかった。これだけ強い意志で、吉備の国のため、人々のためと思っている浦彦に、あなたはもう必要ないのだとはとても言えなかった。

「ばか」

本当は必要ないのだ。今の吉備は日本という国の一部として、可もなく不可もなく、多少鄙《ひな》びてはいても大きな問題はなく機能している。昔のように吉備の国だけを切り分けて考えることはできないのだ。

けれども、それが浦彦には伝わらない。情報としては伝わっていても、理解してはもらえない。国津神はその国をはぐくむもの。守るもの。そうすることが彼の欲求でもある。

彼の存在意義自体が今の時代にはそぐわないのだなんて残酷《ざんこく》なこと、どうして環に言えるだろうか。

環は泣きながら自転車をこいだ。本当に、眠っている間に、すべてすませてくれたらよかったのに。そうしたら、こんなに怖い思いをしなくてもすんだのに。やるせない気分にならなくてもすんだのに――。

朝が近づき、鳥たちの声が大きくなる。焦燥《しょうそう》をつのらせた声で、浦彦が言った。

『頑張れ。夜が明ける前に神社に着いてくれ』

「なんで！」と叫ぶ。全力疾走していて、言葉遣いなんか気にしていられない。浦彦も気にはしないようだった。

『陽の光は天津神の力そのものだ』と彼は言った。

『陽が昇れば、五十狭芹彦が目を覚ます。だから、新月の夜を選んだ。月もない闇夜には、天津神の力も及ばない』

「……つまり、朝が来たら、激怒した吉備津神社の天津神様が、全力で殺しにくるってこと……？」

『一言で言えばそうだ。殺すか、捕まえるかはわからないが』

「冗談じゃろ……!?」

それからはもう、脇目もふらず、無駄口もきかず、ひたすら自転車のペダルを踏んだ。あの壮絶《そうぜつ》な古代吉備の終焉《しゅうえん》が脳裡《のうり》を過《よ》ぎる。血に染まった大地を、家を、田畑を、空まで焼いた赤い炎。浦彦の首を射落とした神の矢の威力――。

（ほんっと冗談！）

あんな力をもった神に追われて、環一人で逃げおおせられるわけがない。陽が昇った瞬間が環の最期《さいご》だ。

次第に白みはじめた空の下、環は全速力で吉備の大地を駆け抜けた。あたりは怒りに満ちていた。張り詰めた空気に肌がピリピリする。

振り返らなくても、何かが追ってきているのがわかった。獣の足音。鳥の羽音。古代吉備を制圧した五十狭芹彦の軍に、得体の知れない異形《いぎょう》の山犬使いや鳥使いがいたことを思い出す。ぞっとした。それはまだ実体をもたない。伸ばされる牙や爪は、まだ環に触れられない。だが、空が明るくなるにつれ、どんどん数を増して迫ってくる。

もう少し。あと少し。麻生神社が見えてきたけれど、背後に迫る異形のものたちは今にも環に触れそうになっていた。山犬の荒い息づかいが頰《ほお》にかかる。鷲鷹《わしたか》の羽風が頭をかすめる。東の山際にかかる雲が、紫とオレンジのグラデーションに染まる。

（――もうだめ）

そう思った瞬間、浦彦が呼びかけた。

『俺の愛《いと》しい、俺の君』

いつもと違う呼び方だった。けれども、いつもの、穏やかでやさしい浦彦の声だった。

それはあの終焉のときを否《いや》が応《おう》にも思い出させて、環は自分でも気付かないうちに泣いていた。

『けっして後ろを振り返ってはならない。……俺の骨は持っているな？』

（……この頭蓋骨《ずがいこつ》のこと？）

もう息が苦しくて声にならない。頭の中でたずねる。

浦彦は『いや』と否定した。

『以前に渡した欠片《かけら》のほうだ。おまえがずっと持っていてくれていた首飾りの』

（……あるわ）

彼に言われたとおり、ペンダントに入れ、眠るときも肌身離さず持っている。今も服の下に感触があった。

環の答えに、浦彦は『いい子だ』と言った。少し微笑《ほほえ》んだようだった。

『その骨を後ろへ投げなさい。いいか。何が起こっても、けっして後ろを振り返ってはいけない』

「……でも……」

ためらった。右手でぎゅっとペンダントを握り締める。

これは彼の骨のはず。そして、浦彦は自分の体の骨を集めていたはずだ。いくら小さな欠片とはいえ、なくしてしまっていいのだろうか？

環の躊躇《ちゅうちょ》の理由を、浦彦は正しく理解した。

『おまえを守ると約束した。俺を、大切な人さえ守れない、なさけない男にしないでくれ』

小さな子の頭を撫《な》でるような、慈愛《じあい》に満ちた声だった。たまらずに、涙があふれて頬を伝う。

「浦彦様、ごめん。ごめんね」

謝って、ペンダントごと後方へ投げた。とたんに背後がパアッと花火が上がったように明るくなる。聞くに堪えない悲鳴が薄明をつんざいた。言いつけを守って環は振り返らなかったが、何が起こっているのかはなんとなく想像できた。きっとあの美しい浦彦の火が、環を守ってくれたのだ。

止まらない涙を振りこぼしながら最後の坂を登り切り、家の前を素通りして、橋の手前で自転車を乗り捨てた。浦彦の首を脇に抱え、三之鳥居をくぐる。体が少し軽くなった。

まるで重い荷物を肩代わりしてもらったみたいだ。わずかに浦彦のやさしい力を感じた。息を切らして石段を駆け上がる。

二之鳥居をくぐった。浦彦の大きな腕が、自分を守ってくれているように感じてホッとする。境内《けいだい》を横切り、お辞儀《じぎ》もせずに拝殿《はいでん》に上がり、幣殿《へいでん》へと走った。

「浦彦！」

幣殿の大扉を開け放って叫ぶ。本殿の鳥居の向こう、浦彦が立っているのが見えた。あいかわらず、ド派手な深紅のアニメ衣装だ。もういいけど。こんな緊迫した場面なのに——だからこそか、笑いが漏《も》れる。

追っ手の気配はまだ遠いが、彼の迎えを待ってなどいられなかった。

「行くで、浦彦！」

「おいっ。ちょっ、何をする気だ……っ」

環は抱えてきた髑髏《されこうべ》を力いっぱい投げた。包みが剝《は》がれ、あらわになった頭蓋骨が一之鳥居の中に吸い込まれていく。浦彦がそれを受け取った瞬間、爆発的な光が一之鳥居の中から噴き出した。

「——ッ」

眩《まぶ》しすぎて、とても目を開けていられない。環はしゃがみ込み、手をかざして閃光《せんこう》と爆風に耐えた。光に見えたのが、白銀の炎だとわかるようになるまで、しばし。

「目を開けて。俺の愛しい、俺の君」

すぐ目の前で声がした。

「……」

そろそろと腕を下ろし、目を開けた。紅い炎の衣装を身にまとったうるわしい男神《おがみ》が、目の前で手を差し伸べて微笑んでいる。その彼が、幣殿に立っていることに気付いて、環は声にならない声を上げた。

「ありがとう。おまえのおかげで、やっとこの体に戻ることができた」

「浦彦様、ごめん。わたし、あなたの骨、投げてしもうた……！」

「今のことか？　確かに少し驚いた。今後は、人の頭を投げるのはやめてくれ」

「そうじゃなくて！　もらったやつ！」

思い出したら、ぶわっと涙がこみ上げて、たまらず浦彦にしがみついた。わぁわぁ泣く環を抱き留め、彼はゆっくりと背を撫でてくれた。

「かまわない。あれは、元々おまえを守るためにやったのだから。おまえの役に立ったなら、俺の指も本望だろう」

「指……？」

ハッとした。見ると、彼の左手の小指の先が不自然に切れている。それを見たとたん、また泣き出した環の体を、浦彦は愛おしそうに、ぎゅうっと抱き締めた。

「逢《あ》いたかった、手玉《ただま》の君。俺の愛しい、俺の君。この体で触れたかった……」

それから環の顔をのぞき込み、真剣に訴えた。

「どうか俺の気持ちを信じてくれ。俺はおまえが愛おしい。おまえのことを愛している」

「……はい」と、環はうつむきがちに頷《うなず》いた。

正直なところ、彼が環自身を好きなのか、それとも玉依姫から連なる麻生姫の魂に惹《ひ》かれているのかは、この期《ご》に及んでもまだはっきりとはわからなかったけど。

(せェじゃけど、今、この人に愛されているのはわたしなんじゃけェ)

そこはもう諦めなくてはいけないのかもしれないと思った。環の中に麻生姫の魂があるのは、変えられない事実だ。この心を、魂を抱えて、これから先も浦彦と一緒にいようと思うなら、彼女たちを愛し、環の中の彼女たちまでを含めて環を愛する浦彦ごと、愛し返さなければならないのかもしれない。

だが、環の思いが伝わったかのように——まるで、環の中にいたときみたいな以心伝心《いしんでんしん》で、浦彦は凜々《りり》しい眉《まゆ》をひそめた。

「信じていないだろう。なぜ疑う?」

「……疑うっていうか、」

環は視線をさまよわせた。

「だって、あなたは、玉依姫も、たくさんの麻生姫たちのことも本当に愛してた。悪いことじゃない、いいことだと思うけど、でも、なら、わたしのことも、わたしが麻生姫の魂を持っているから好きなだけかもしれんじゃろ？　わたしの中の麻生姫の魂に惹かれてるだけかもしれんじゃろ？」

「おまえは、おまえだ。他に代わりはいない」

「……そのとおりよ」

「だが、それなら、おまえが俺に惹かれるのはなぜだ？　おまえの中の麻生姫の魂がそうさせているのではないと、なぜ言い切れる？」

「──！」

ハッとして目を見開く。それは以前、環も考えたことだった。でも──。

「でも、あなたを好きなのは、わたしの気持ちじゃ」

──やっとそう、思えるようになったのに。

浦彦は環の言葉を否定せず、「そうだ」と深く頷いた。

「そして、そのおまえに、俺は惹かれた。それもまた、偽りのない俺の気持ちだ」

「……」

彼が言おうとしていることはわかった。環が——麻生姫たちの魂をもった環が、それでもこの恋は自分のものだと信じたように、彼の気持ちも今の環に向けたものだと信じてほしい。言いたいことはわかるのだ。わかるけど——。

逡巡《しゅんじゅん》ののち、環は「……わかったわ」とだけ答えた。

環は確かに彼に愛されている。それは、信じられる。

環も彼を愛している。それも、ちゃんと自分でわかっている。

彼が自分の何を愛してくれているのか、自分の感情がどこから生まれてきているのかは、まだはっきりわからない。でも、浦彦が、彼の愛を信じてほしい、自分を愛してほしいと、本気で願っていることもわかった。

（……だからこそ、わたしには先にやらなきゃいけないことがある）

浦彦から身を離し、炎ゆらめく彼の瞳をじっと見上げた。薄明に彼の水際立《みずぎわだ》った顔立ちがはっきりと浮かび上がる。もう夜明けはすぐそこだ。拝殿のほうからは、ギチギチと虫がひしめき合うような、耳障《みみざわ》りな音が聞こえてきていた。浦彦の炎をかわし、追いついた異形《いぎょう》の鳥獣たちが、神社の結界《けっかい》の外でひしめいているのだ。

絶対に失敗できないと思った。

五十狭芹彦に再び浦彦を討たせることは絶対に許さない。だが、かといって浦彦に復讐《ふくしゅう》を遂《と》げさせてもならない。そんなことになれば、今度は現代の吉備が焼き尽くされる。それを止めるには、やはり、環が彼を説得しなくてはならないのだ。

（せっかく、あなたが愛してるって言ってくれたのに）

これからの説得次第では、彼に憎まれ、最悪殺されることだってあるだろう。愛する者の裏切りは――環にはそんなつもりは毛頭《もうとう》ないけれど、彼がそう感じたなら、その愛はたやすく憎悪に変わる。……創作物から得た知識だけど。あれだけ定番化してるんだから本当なんだろう。

それでも迷っている時間はなかった。今にも東の山の端から、朝日が差し込みそうになっている。

「浦彦様、聞いてください」

環は、まっすぐに浦彦を見つめた。

「五十狭芹彦と争うことは、どうかお考え直しください」

「……なぜ」と浦彦は呟《つぶや》いた。表情をこわばらせ、信じられないものを見る目で環を見ている。

ああ、だめだ、と思った。彼の本性はけっして穏やかな一面だけではない。やさしく穏やかでいつくしみにあふれた国津神《くにつかみ》の側面と、激しく荒ぶる炎そのものの鬼神の気性、その両方を併《あわ》せもつのが彼なのだ。

おそろしかった。彼の怒りを間近で感じ、体じゅう総毛立《そうけだ》つ。けれども、さっき、異形の者たちに追われていたときとは心持ちが違っていた。怒れる彼を、嘆《なげ》く彼を、環はやはり愛していた。たとえ荒ぶる悪神であろうとも、それは環の愛する浦彦の一面なのだ。

(お願い、わたしの言葉を聞いて)

視線を合わせて訴えを重ねた。

「わたしの中から見ていたでしょう。ここはあなたが愛した吉備だけれど、もうすっかり変わってしまった。海が引き、海の底が大地になる以上に、ここに住む人たちの心も生活も変わってしまった。もうあの頃とは違うんです」

残酷《ざんこく》な通達だった。

人々は浦彦のことを忘れ、吉備津彦によって退けられた悪鬼温羅の伝説だけが、「桃太郎《ももたろう》の鬼退治」としてこの地に残った。吉備の人々からさえも、「鬼」と呼ばれることが、かつての国津神にとってどれほどの屈辱《くつじょく》か。吉備津の宮は健在だけれど、そこに住まう天津神への信仰心すら、今やほとんど形骸《けいがい》化している。

国は広がり、吉備は日本の一部となり、日本は地球という星の片隅の小さな島国にすぎないと、今や世界中の人が知っている。今、浦彦が吉備だけを治めても、国としては立ちゆかない。

「五十狭芹彦を怨《うら》む気持ちは、ものすごくよくわかるの。あんなやり口、腹立てて当然じゃ。わたしだって、あいつのこと、思いっきりひっぱたいてやりたい。……でも、あなたの復讐のために、今あるわたしたちの生活をめちゃくちゃにしないで」

夜明け前。吉備の大地は怒りに満ちていた。

浦彦の復活を待っていた小さな土着の神々と、浦彦の反逆に怒れる天津神、五十狭芹彦。双方の怒りに地は震え、神社の上空には黒雲が渦巻《うずま》き、雷鳴がとどろきだしている。その異様な雰囲気《ふんいき》が、余計に環を焦らせた。

「お願い。吉備は変わってしまったけど、変わったこの土地で生きている人たちごと、この土地を愛してください。お願いします」

「できない」

「できるわ！　あなたは大吉備津彦。吉備を愛して、わたしたちを愛してくれた、偉大なる国津神よ。ねえ、そうでしょう、吉備の浦彦。わたしの愛《いと》しい、わたしのあなた」

浦彦がハッと息を呑《の》んだ。

見つめ合う彼の瞳の中で、黄金色の炎が揺れている。いくつもの感情が、彼の中で湧き上がっては沈んでいくさまを、環は祈るような気持ちで見つめた。

「……」

彼が何かを言おうと、口を開いた瞬間だった。

東の山の木立のあいだから、一筋、光が差し込んだ。空は晴れているのに、麻生山の上にだけ黒雲が渦巻く、異様な夜明け。

同時に、耳をつんざく雷鳴が山を震わせ、おそろしい太さの稲妻《いなずま》が一本、空を裂いて降ってきた。天津神、五十狭芹彦の怒りの矢だ。

浦彦はとっさに環を抱えて身をかわした。直撃を受けた幣殿《へいでん》が粉々になり、残った柱が燃え上がる。

環は叫んだ。

「……っ、ほら見て！　わかるでしょう！」

浦彦の腕に抱えられたまま、幼い頃から慣れ親しんだ家の神社が焼けるさまを、涙の向こうに見ながら訴えた。

「何が『国津神』じゃ！　『大吉備津彦』じゃ！　あなたたちの争いは、わたしたち人間の生活をめちゃくちゃにするだけじゃない！」

「……っ、こら暴れるな、下りろ！」

立て続けに、もう二本、神の矢が落ちてくる。今度は浦彦が足元の石を投げつけ、一本を撃ち落とした。もう一本。

その稲妻は、浦彦に届く前にはじけて消えた。

「！」

幣殿から吹き飛ばされてきた神弓につがえた炎の矢で、環がとっさに射落《いお》としたのだ。

「……っ、…………っ」

全身が震える。今更ながらにおそろしくて涙があふれ出た。

できるなんて思わなかった。相手は神様。自分の中に浦彦はもういない。自分はただの人間だ。でも、やらなくちゃいけないと思った。それこそ本能みたいに、理屈もなく。

がくがくと震える環を呆然《ぼうぜん》と見て、浦彦もどこか泣きそうな顔で唇の端を引き上げた。

「まるで、おまえが女神のようだ」

「……あのときも、わたしに弓が使えたらよかったのよ」

それを心から悔《く》いたから、麻生の女は皆弓を習ってきたのだ。いつか来る、彼女たちの「大吉備津彦」の復活の日のために。今度は浦彦を死なせないため——守るために。

なんとなく、家業だからと弓を習い、巫女になり、そのくせもやもやとした思いを抱えていた、過去の自分を環は恥じた。こうして自分自身の愛する神様を守るために、麻生の巫女の歴史はあったのだ。それを今やっと理解した。

（もっと、もっと真面目《まじめ》に練習しとけばよかった）

こんな場面で泣かないくらい。すべての稲妻を射落とせると、胸を張って笑えるくらい。後悔しても、もう遅い。

第三波の雷撃は三本だった。浦彦は、今度は一本をむんずと摑《つか》んで投げ返した。地上から放たれた稲妻は空を遡《さかのぼ》り、天の黒雲を深々と貫く。地を揺るがす雷鳴がとどろいた。

その間に、環は二本を射落とした。弓の早つがえと連射は、麻生の家に門外不出で伝わる作法《さほう》だ。それもきっと、この時のために伝えられてきたに違いなかった。神の矢であれば、通常の矢のように、わざわざつがえる必要もない。雷の矢が四本に増えても、環は易々と三本を射落とした。まるで自分じゃないみたいだ。

「五十狭芹彦様！」

天に向かって声を張り上げた。

「かけまくも畏《かしこ》き大神の御前を拝み奉《たてまつ》りて申し上げる！　吉備の国を譲《ゆず》り受けた、偉大なる天津神、大吉備津彦命様！　お願い、わたしの話を聞いて！」

返事の代わりに雷鳴がとどろいた。容赦《ようしゃ》なく稲妻が降ってくる。五本。

「投げ返さないで！」

四本を射落としながら、環は叫んだ。どうしても——どうしてか、一本だけが当たらない。浦彦に任せることになってしまう。もどかしさに声が苛立《いらだ》った。

「あなたがやり返すから、話し合いにならないのよ！」

「……っ」

浦彦が、とっさに摑んだ稲妻を地に捨てた。田んぼに落ちた雷は、干してあった稲藁《いなわら》を一瞬で焼き払い、吉備線の線路に達して止まった。すさまじい電流が線路に沿って走っていく。電車への影響が心配だが、今は気にしている余裕もない。

涙声で、環は叫んだ。

「あなたがわたしの夫にしたことを、わたしは絶対許さないわ！　夫もそう。それだけ理不尽なことをあなたがしたのよ！　一番よくわかってるでしょう！」

雷が六本、空を切り裂く。浦彦は今度は炎の大太刀《おおたち》で矢を真っ二つにした。麻生山の山肌に落ちた雷は木々をなぎ払い、鎮守《ちんじゅ》の杜《もり》を燃え上がらせる。もう一本は送電線の鉄塔《てっとう》に当たり、すさまじい爆発を引き起こした。あたりが一斉に停電する。落雷対策なんて何の役にも立っていない。理不尽なまでの神々の力を見せつけられる。

「やめて！　お願い、話を聞いて！」

環は絶叫した。

「見て！　あなたの火は大地を焼く！　あなたがずっと守ってきたこの地を焼くのよ！それは本当にあなたの望む、正しいことなの⁉」

七本。もう連射も難しい。とうとう二本の矢がそれた。一本は浦彦が落とすだろう。だが、残り一本は？　――夢に見た浦彦の最期《さいご》が目に浮かぶ。

そのとき、二之鳥居の方向から、ヒュオッと大きく風を切る矢音が響いた。鏑矢《かぶらや》だ。本来の弦打《つるうち》に使う、正真正銘《しょうしんしょうめい》、魔を祓《はら》う矢だ。

「！」

鏑矢は残った一本の雷に横から当たり、射落とした。ありえない。神の矢を人間の矢が射落とすなんて――。

（誰……⁉）

振り返った視線の先に、弓道着《きゅうどうぎ》を着た大叔母《おおおば》の姿が見えた。手に弓と鏑矢をもっている。その表情は、浦彦を宿らせた環と顔を合わせるたび、びくびくしていた大叔母とは思えないほど凛然《りんぜん》としていた。

（由希子《ゆきこ》おばちゃん）

――そう。彼女もまた、麻生の巫女だった。

大叔母がどういうつもりで助けに来てくれたのかはわからない。けれども、気付けば、二之鳥居前にひしめいていたはずの異形《いぎょう》のモノたちは、姿も形もなくなっている。まさか、あの数を一人で相手にしたのか。にわかに心配になったけれど、今は自分の役割が優先だった。

浦彦のほうを向いて訴える。

「お願い、浦彦様。わたしだけの大吉備津彦様。本当に、わたしを……他の誰でもない、環を愛していると言ってくださるなら、わたしの愛している吉備をこれ以上めちゃくちゃにしないで。わたしの生きている今の吉備を、どうか、わたしと一緒に愛してください」

「…………」

見つめ合った二人のあいだに、束の間の沈黙が横たわった。

涙でどろどろの環の顔を見つめ返し、浦彦はふっと表情をくずした。見ている環の胸が痛くなるような、やさしい、透きとおるような苦笑だった。

「……しょうがないな」と彼は言った。吐息のように。

「いつの時代も、俺はおまえに勝てた覚えがないよ。俺の愛しい、俺の君」

「――」

新たな涙があふれてくる。「ありがとう」と環は返した。

「愛してるわ。本当に、わたしのすべてで愛してる。わたしの愛しい、わたしのあなた」

過去の麻生姫たちに連ねられたことをいやだとは思わなかった。むしろ誇らしいような思いで微笑《ほほえ》む。

彼と手を取り、天を仰《あお》いだ。黒々ととぐろを巻く黒雲を見上げ、訴えかける。

「天津神、大吉備津彦命様。あなたのことは許せないけど、わたしたちはもう、あなたを脅《おびや》かすつもりもないわ。浦彦様はただ、この吉備の地を見守りたいだけ。あなたが守ってきてくれたこの吉備の安寧《あんねい》を、ただ見守っていたいだけなんです。どうか、この地に留まることだけお許しください。あなただって、長らく吉備を守ってきた国津神でしょう？この土地を荒らしてまで闘うのは、本意ではないはずでしょう？」

しん……と、天が静まった。

（お願い、わかって）

祈るような気持ちだった。どこからか、消防車のサイレンが聞こえてくる。きっと麓《ふもと》の火事を消火しにきてくれたのだろう。

しばらくの沈黙ののち、天に渦巻《うずま》く雲の中心が円状に開いた。まばゆい光がまっすぐに差し込み、環は思わず目を瞑《つむ》る。ほんの一瞬、目に映ったのは、古代装束《しょうぞく》に身を包んだ上げ美豆良《みずら》の男神《おがみ》の姿だった。

（……五十狭芹彦様……）

どうしようもない、人間の性《さが》として、平伏せずにはいられなかった。

胸中には、夫を殺された当事者としてこの神を憎む気持ちも、そういう時代だったのだと思ってしまう現代人としての気持ちも両方ある。だが、この神もまた彼なりにこの吉備の地をずっと守ってきてくれたのだ。それを思うと、どうしても、怨《うら》むだけではいられない。

（わたしだって、あなたの庇護《ひご》を受けて、この土地で生きてきた）

かたくなに彼ら天津神の庇護を拒《こば》んできた、麻生の人間として環は生まれた。いずれ巫女として彼らと敵対するかもしれない娘だった。実際、そうなってしまったのだけれど。

でも、この吉備の地で生まれ、日々を暮らすことを許されて、十六の今まで育ってきた。

（わたしは、あなたにも感謝しなくちゃいけない）

かつて浦彦がこの吉備を守ったように、麻生姫を愛したように、この天津神もまた吉備を愛し、環に居場所をゆるしてくれたのだから――。

敬虔《けいけん》な気持ちで深く、頭《こうべ》を垂れる。

傍《かたわ》らに立っている浦彦が、ひとつ、小さく息をつくのがわかった。彼もまた、複雑な思いに胸を引き裂かれているに違いなかった。

「この地を奪い返すことが望みではないのか」

「！」

五十狭芹彦が声を発した。静かな口調にもかかわらず、意識が吹き飛びそうになる。神の言葉は、それだけでひとつの力なのだ。浦彦があまりにも気さくに接してくれているせいで、環はすっかり失念していた。

答えられない環の代わりに、浦彦が直接答えた。

「初めはそのつもりだった。だが、わたしの愛する妻が、それはやめろと言うのでね。この変わってしまった吉備の地を、変わってしまった姿のまま、以前のように愛せと言う。なかなか厳しい妻だろう」

冗談めいた浦彦の言葉に、五十狭芹彦は機械的に答えた。

「ならば、わたしに服従するか」

「しない」

即答だ。

「だが、闘いを挑むこともしない。この吉備の人々を巻き込み、森や大地を痛めつけてまですることではない。おまえにもわかるだろう」

五十狭芹彦は、再び沈黙した。

「浦彦」と五十狭芹彦は浦彦を呼んだ。

「おまえはこの吉備の地をはぐくみ、実りをもたらした。吉備の人々に慕《した》われていた。だからこそ、おまえは脅威《きょうい》なのだ」

「大吉備津彦」と浦彦は五十狭芹彦を呼んだ。

「これはもう、おまえの名だ。おまえは永きときを吉備に捧げた。今の吉備の人々は、おまえを慕っていないと思うか？」

「……」

五十狭芹彦は、三度沈黙した。

やがて、静かな口調で浦彦にたずねる。

「反逆は起こさぬと誓えるか」

「だから、そう言ってるだろう」

「誓いのしるしがあれば許そう」

許すだなんてえらそうに——とは思ったが、実際神様なのだからそんなものなのかもしれない。浦彦の態度だって大概《たいがい》だ。

これだから神様はと思いながら、環はおずおずと口を開いた。

「かけまくも畏《かしこ》き大吉備津彦命の御前を拝み奉りて、畏み畏みも申さく……」

どことなく愉快そうに聞こえる声音《こわね》で、五十狭芹彦は「許す」と言った。おおかた、さつきまであれだけ遠慮《えんりょ》なくものを言っていた環が畏まってしまったのが、おかしいのだろう。浦彦に至っては噴き出した。

息を吸い、頭は垂れたまま、左手首を差し上げた。どろどろに汚れたジャージの袖《そで》から白い環のかたちの痣《あざ》がのぞく。

「わたくしが今、差し上げられるのは、この環くらいしかございませんが……」

「ちょっと待て！　それは俺との婚姻のしるしだろう！」

浦彦がなさけない抗議の声を上げる。

「許そう」

天の声はやはりおかしそうだった。

「やめろ、大吉備津彦！」

「おまえの愛する女との誓いの品だからこそ、価値があるのだ、浦彦」

満足げな言葉とともに、環の腕から白い痣が浮かび上がり、本来の美しい貝の環となって天へ昇っていく。それが五十狭芹彦の手に届くと同時に、彼もまた雲の中へと昇っていった。

差し込む光が細くなり、雲の環が閉じる。地鳴りはいつの間にか治まり、見上げる空からはしとしとと雨が降り出した。

天津神の怒りが解けたのだ。環はホッと目を閉じた。

きっと火事も間もなく消えるだろう。

ようやく深い息をつき、環はその場に仰向《あおむ》けに転がった。浦彦が苦笑している。でも、気力も体力も使い果たして、もう指一本たりとも動かしたくなかった。神様相手に頑張ったんだから、このくらい許してほしい。

環の傍《かたわ》らに膝をつき、「よく頑張った」と浦彦は言った。環の頬《ほお》の汚れを指先でぬぐいつつ、ゆったりと微笑む。

「すばらしい。さすがの鎮魂《たましずめ》だった。俺の愛《いと》しい、俺の君」

「鎮魂……」

「俺を鎮め、あの男を鎮めただろう。……まさか、無自覚なのか？」

「……」

環は小さく首を横に振った。天に火矢を射かけたときと同じ、ただ無我夢中だっただけだ。

「本当に？」

環を上からのぞき込み、浦彦はおかしそうに声を立てて笑った。

「俺たちの中で一番強いのは、もしかしたら俺の奥さんかもしれないな。あの男も、結局おまえになだめられてしまった」

言いながら、彼は環の髪を撫《な》で、そうっと左手を取った。袖口から手首がのぞく。環もそこに視線をやった。生まれてからずっとそこにあった白痣がない。なんだか不思議な気分だった。

「だが、あの環をあいつにくれてやったのはどうかと思うぞ。あの痣が、おまえを探す唯一のよすがだったというのに」

浦彦が若干《じゃっかん》うらめしそうに言う。

「これでもう、生まれ変わってもおまえを見つけるすべはない」

先ほどまでの威厳はどこへやら、しょげかえった子供みたいになっている。思わずふふっと笑いが漏《も》れた。さらにヘソを曲げる彼の手を、力のこもらない手でぎゅっと握る。

「ごめん。でも、浦彦様以上に大事なものなんかないもの」

「……すっかり素直になったものだな」

毒気を抜かれた顔で彼は笑った。環が大好きな、やさしい笑顔だった。実際に見るのは初めてかもしれない。うれしくて、思わず微笑み返す。

「……許そう。本当は、俺の体も、たぶん、おまえと同じくらいしかもたないはずだ」

「えっ」と思わず体を起こした。「どういうこと？」

「完全ではないからな」と浦彦は左手を見せた。欠けた小指が目に入る。環を守るために、異形《いぎょう》のものたちの中へ投げ入れた、あの小さな浦彦の欠片《かけら》。

「あれがないだけで……？」

思わず悲愴《ひそう》な声になった。

「わたしのせいで、あなたはまた体を失うの？」

浦彦は、すがしい声と表情で、「かまわない」と言った。

「おまえが、命をかけてあの男から守ってくれた。おかげで、またこの土地を見守ることができる。この体でおまえと生きたら、あとは、おまえと一緒に風となり、水となり、土となって、この地に眠ろう。そうして今度こそ永遠におまえと二人で、この土地をはぐくむのだ。……それでいいか？」

「……！」

それは、「自分だけを好きになってほしい」という環の気持ちに対する彼の返答だった。そう理解した瞬間、新たな涙が頬を伝う。

「当たり前じゃろ」

しあわせすぎて怖いくらいだ。

神様に、身の程知らずな恋をした。その神様からこんな特別な気持ちを返してもらって、ダメだなんて言うわけない。

「浦彦様」

感激のあまり抱きつこうとして、ハッとした。泥と汗と雨と灰と……なんだかわからない汚れで全身ドロドロの自分が抱きつくには、コスプレ姿の浦彦はどうにも神々《こうごう》しすぎる。

環の躊躇《ちゅうちょ》に気付いた浦彦が、くすりと笑った。「おいで」と環を抱き寄せて、そうっと抱き上げてくれる。

「おまえの中は、思いのほか居心地がよかったからな。少々残念な気はするが……」

少しせつない、甘えた声でそう言って、軽く環の頬に口づけた。

「……さて、これからどうしようか」

「どうするって？」

「後始末だ。それから、誰にも見つからずに、おまえの部屋まで帰る方法」

「あー……」

顔を見合わせて苦笑した。火事は「落雷」で貫き通すにしても――実際そうなのだから しかたがない――お姫様抱っこの片やドロドロのジャージ姿、片やアニメのコスプレ男。

不審者にもほどがある。

「……ま、どうにかなるでしょ」と環が言い、「どうにかしよう」と浦彦が笑った。

雨が上がり、切れた雲間から光が届く。

「……これも、あのヒトの恵みなんかな」

天を見上げながらの呟《つぶや》きに、浦彦が「知らないな」とそっぽを向いた。大人げない。というか、神様らしくない。

それでも、この人間くさく、時に子供っぽい神様が、環は大好きなのだった。

二之鳥居から、甘露光る吉備の国を見晴るかし、環がささやく。

「田舎《いなか》だけど、ええところじゃろ?」

「いいところだ」と浦彦が答えた。彼の言葉が黄金の炎になり、光の粒にくだけて、降り注ぐ。

真金《まかね》吹く吉備の平野は、今朝も平和な朝を迎えた。

※この作品はフィクションです。実在の人物・団体・事件などにはいっさい関係ありません。

集英社オレンジ文庫をお買い上げいただき、ありがとうございます。
ご意見・ご感想をお待ちしております。

● あて先
〒101-8050　東京都千代田区一ツ橋2-5-10
集英社オレンジ文庫編集部 気付
岡本千紘先生

集英社
オレンジ文庫

何度でも永遠

2017年11月22日　第1刷発行

著　者　岡本千紘
発行者　北畠輝幸
発行所　株式会社集英社
〒101-8050東京都千代田区一ツ橋2-5-10
電話【編集部】03-3230-6352
【読者係】03-3230-6080
【販売部】03-3230-6393（書店専用）
印刷所　大日本印刷株式会社

※定価はカバーに表示してあります

ISBN 978-4-08-680161-4 C0193

集英社オレンジ文庫

丸木文華

小説家・裏《うら》雅《みやび》の気ままな探偵稼業

あらゆる感情に乏しい伯爵令嬢の茉莉子は、
推理力は抜群だが売れない小説家の裏雅を、
ある理由で気に入っている。女学校で噂の事件
について彼に話すと、雅は意外な推理を展開し…？

集英社オレンジ文庫

要 はる

ブラック企業に勤めております。

イラストレーターの夢破れ、地元に戻った夏実。タウン誌を発行する会社の事務員の仕事が決まるが、そこはクセ者だらけのブラック企業だった!!

ブラック企業に勤めております。
その線を越えてはならぬ

ブラック企業で働く夏実は、毎朝電車で会う「青い自転車の君」との会話が心の支え。そんなある日、支店長の座を巡る争いに巻き込まれて…？

ブラック企業に勤めております。
仁義なき営業対決

夏実が働くＫ支店を中心に大プロジェクトを進めることに。それに伴い様々な支店から集められた精鋭のクセモノたちに、夏実は多いに翻弄され!?

好評発売中

【電子書籍版も配信中　詳しくはこちら→http://ebooks.shueisha.co.jp/orange/】